JORDAN SONNENBLICK

NOTES FROM THE
MIDNIGHT DRIVER

Een taakstraf waar muziek in zit

Vertaald door Annelies Verhulst

LEMNISCAAT ROTTERDAM

© Nederlandse vertaling Annelies Verhulst 2009
Omslag: Marleen Verhulst
Nederlandse rechten Lemniscaat b.v. Rotterdam 2009
ISBN 978 90 477 0155 2
Copyright © 2006 by Jordan Sonnenblick
Oorspronkelijke titel: Notes from the Midnight Driver
All rights reserved. Published 2006 by: Scholastic Inc., 557 Broadway,
New York, N.Y. 10012, U.S.A.

Druk en bindwerk: C. Haasbeek b.v., Alphen aan den Rijn

Dit boek is gedrukt op milieuvriendelijk, chloorvrij gebleekt en
verouderingsbestendig papier en geproduceerd in de Benelux
waardoor onnodig milieuverontreinigend transport is vermeden.

Voor mijn grootvader,
Solomon Feldman,
die mij inspireerde tot dit boek,
en ter herinnering aan mijn vader,
Dr. Harvey Sonnenblick,
die het prachtig vond.

MEi

Bliep. Bliep. Bliep.
Ik zit naast het bed van de oude man en kijk naar de fel-groene lijn die zigzaggend en schommelend over het beeld-scherm van de hartmonitor danst. Nog maar een paar dagen geleden bewogen die kleine pieken op de monitor met een per-fecte regelmaat van links naar rechts, maar nu schieten ze schokkerig voort als gestoorde marionetten.

Ik weet dat de bliepjes nu spoedig één lange piep zullen worden en dat de pieken zullen afvlakken tot een rechte lijn.

Dan zit mijn werk hier erop.

Dan ben ik vrij.

DWERGRIT

Het leek me toen een goed idee. Ja, ik weet heus wel dat iedereéén dat achteraf zegt, maar ik meen het serieus. Hoe krankzinnig het nu ook lijkt, ik was er die vrijdagavond, afgelopen september, absoluut van overtuigd dat het een geniaal idee was om mijn moeders auto te pakken en naar mijn vaders huis te scheuren. En dan bedoel ik niet geniaal als in: 'Dat was echt een geniale opmerking die je gisteren maakte.' Ik bedoel geniaal als in: 'Wauw, Einstein, dat relativiteitsgedoe van je, dat ons concept van tijd en ruimte totaal op losse schroeven heeft gezet en de mensheid het nucleaire tijdperk in heeft geleid, dat was echt geniaal!'

Het plan was bovendien elegant in zijn eenvoud. Ik zou nog één glas wodka drinken uit de oude voorraad van pa, en dan zou ik ma's reservesleutels pakken, in de Dodge springen en die bak eens flink op z'n staart trappen. Daarna zou ik in het maanlicht door de verlaten straten scheuren, kaarsrecht en trefzeker als een kruisraket, of in ieder geval zo kaarsrecht en zeker als een nuchter iemand mét rijervaring. Zodra ik triomfantelijk tot stilstand zou zijn gekomen op pa's oprit, zou ik lichtvoetig uit de auto springen, naar de voordeur rennen en aanbellen zoals nog nooit iemand ergens heeft aangebeld – en mijn vader betrappen met dat waardeloze wijf dat ons gezin kapot had gemaakt en dat ooit, in een vorig leven, toen ik een jaar of negen was, mijn juf was.

Toegegeven, in theorie zou dit soort plannen misschien meer kans van slagen hebben als de plannenmaker in kwestie niet totaal beneveld was. Maar ik was nog nooit dronken geweest, dus hoe had ik moeten weten dat ik zo snel straal-bezopen zou worden? En trouwens, als mijn moeder serieus had willen voorkomen dat ik op zestienjarige leeftijd zonder rijbewijs dronken achter het stuur was gaan zitten, zou ze dan uit zijn gegaan met haar nieuwe date en mij alleen thuis hebben gelaten met een auto, een kast vol sterke drank en een bos sleutels binnen handbereik?

Zeg nou zelf.

Dus zette ik de fles aan mijn mond, nam nog een teug en greep de sleutelhanger, die met de houten 1 die ik zelf heb gemaakt toen ik nog op scouting zat, bij de welpen: voor mijn 'Nummer 1 Mama'. Ik trok mijn Yankees-jack aan, denderde het huis uit, stapte in de auto en probeerde te starten. Ik herinner me vaag dat ik ruzie had met de versnellingspook en de handrem, en ik geloof dat er ook nog iets was met het gaspedaal.

Het volgende dat ik me herinnerde, was dat ik uit het portier hing en wodka met negerzoenen kotste. Ik probeerde scherp te stellen en zag dat de auto op een grasveld stond. Toen ik nog iets beter focuste, kon ik zien dat mijn laatste kotssalvo precies over twee glimmende, zwarte objecten was geklaterd – de zorgvuldig gepoetste schoenen van een boze politieagent. Hij sjorde me de auto uit, voornamelijk aan mijn haren, en zette me rechtop. Ik herinner me dat hij zei: 'Kijk nou! Kijk nou wat je hebt gedaan.' Ik weet ook nog dat ik zijn wijzende vinger probeerde te volgen. En toen ik eindelijk had ingezoomd op wat er voor de auto lag, kon ik mijn ogen niet geloven. Ongeveer drie meter voor de bumper lag een afgerukt hoofd!

De agent liet me als een marionet voor zich uit lopen naar de gruwelijke plek en duwde *mijn* hoofd omlaag, zodat ik het bloedbad van dichtbij kon bekijken. Dit hoofd was ernstig gewond, zoveel was zeker. Het lag ondersteboven, geplet tegen een boomstronk. Een lijf was nergens te zien. Ik draaide me zo snel om dat de agent me bijna losliet, en hurkte om onder ma's auto te kijken. Ik zag duidelijk dat daar een arm en een been onder het linkervoorwiel uitstaken.

'Meneer, agent, heb ik... is hij...is... uuuuhh...'

Ik voelde de tranen branden. Mijn ogen prikten en ik voelde een nieuwe golf zuur uit mijn maag naar boven komen. 'Ja, jongen. Je hebt mijn gloednieuwe schoenen verpest, je auto in de prak gereden en mevrouw Wilsons Franse tuinkabouter onthoofd. Jij hebt echt een groot pro–'

'Tuinkabouter? TUINKABOUTER?'

Bij nadere inspectie zag ik dat het hoofd niet bloedde en dat het oor er onmenselijk netjes was afgebroken. Ik begon als een gek te lachen, maar mijn opluchting kwam te laat en ik kon niet verhinderen dat mijn volgende golf kots eruit kwam, grotendeels via mijn neus – en landde op de linkerheup van de agent, precies op zijn walkietalkie.

Toen werd het helemaal een puinhoop. Ik begon te mompelen: 'walkietalkie, breekie breekie, brakie brakie', waar ik bijna de hele weg naar het politiebureau enorm veel lol om had. Je zou denken dat ik inmiddels wel behoorlijk bang moest zijn, maar ik had in zo korte tijd zoveel wodka gedronken, dat mijn dronkenschap het hoogtepunt nog steeds niet had bereikt. Zelfs met mijn handen geboeid achter mijn rug (en ze zaten ECHT strak, want de agent had tot dusverre nog niet zoveel plezier aan me beleefd) maakte ik er op de achterbank een soort eenpersoonshouseparty van. Het laatste dat ik me herinner, was dat ik de politieradio zat was en riep: 'Zet eens wat anders op! Doe mij maar ROCK!' – waarna de auto een scherpe bocht maakte en het raam plotseling op mijn gezicht afkwam.

Weet je wat echt een hoogtepunt moet zijn in het bestaan van een politiebeambte? De arrestatieformulieren van dronkenlappen verwerken. Nadat een paar van mijn nieuwe blauwe vrienden mij half bewusteloos naar binnen hadden gesleept (dat wil zeggen, ik was half bewusteloos, zij waren behoorlijk wakker), lieten ze me geboeid achter, vastgemaakt aan een oud en versleten houten bureau tegenover een oudere man met een badge. Ik besloot dat hij Sarge heette. Hij had zo'n vingerafdrukgeval en een berg vragen voor me, en deed geen moeite om mij op m'n gemak te stellen.

'Rechterduim.'

Ik staarde naar de golvende, wazige vlekken die de plaats van mijn handen hadden ingenomen en probeerde helder te krijgen wat links en rechts was. 'Ik kan mijn rechterduim niet vinden. Er zit te veel bloed op.'

En dat klopte ook wel, want ik had een snee boven mijn linkeroog, die aan het zicht werd onttrokken door mijn onweerstaanbare weelderige lokken. Sarge zag het bloed blijkbaar ook, maar niet waar het vandaan kwam, want hij slaakte zo'n typische diepe, verveelde zucht die ambtenaren altijd slaken wanneer ze aan het werk worden gezet. Hij greep in zijn bureaulade en haalde een pakje natte tissues tevoorschijn.

'Sjonge, jij hebt een behoorlijke klap op je neus gehad. Maak je handen eens schoon, knul. Ik ben zo terug. En trouwens, je rechterhand is de hand die niet aan het bureau vastzit, Einstein.'

Hij liep weg om een kop koffie of zoiets te gaan halen. Ik maakte mijn handen schoon en veegde met mijn vrije hand het haar uit mijn gezicht. Waardoor die weer onder het bloed zat. Deze beweging herhaalde ik minstens drie keer, en zo ontstond er een indrukwekkende berg verkreukelde en donkerroze gekleurde zakdoekjes. Toen kreeg ik de lumineuze ingeving dat ik misschien eerst het bloed van mijn voorhoofd af moest vegen. Ik duwde mijn haar opzij en raakte met het natte alcoholdoekje mijn wond aan, waarna ik ineens HEEL snel ontnuchterde, net op het moment dat Sarge zijn kop dampend hete koffie op zijn bureau zette.

'Aaauuuwwww!' schreeuwde ik. Ik schoot omhoog. En

omhoog ging ook mijn arm. En de handboei. En daarmee het bureau. En daar vloog dus ook de koffie.

'Aaauuuwwww!' schreeuwde Sarge. Sarge was nat!

Uiteindelijk werd de doorweekte kledderzooi van papier, bloed, zakdoekjes en koffie opgeruimd door een man met rubberhandschoenen aan. Sarge had een andere broek gevonden en kwam terug. Zijn blik bleef een tijd lang op mijn voorhoofd gericht, op het mengsel van bloed, snot en tranen dat rijkelijk langs mijn gelaatstrekken omlaag stroomde, en op het vochtige abstracte schilderij op zijn bureau dat ooit zijn vloeiblok was geweest, en besloot toen tot de truc die bij mijn vader ook altijd werkt: hij maakte mij tot Andermans Probleem.

Sarge schreeuwde door de kamer: 'Bel even een ziekenwagen voor me!'

Ik kon het niet laten: '*Jij* hebt toch geen ziekenwagen nodig?'

En zo ging ik maar door, tot het ambulancepersoneel in het ziekenhuis per ongeluk mijn hoofd tegen de deurpost liet knallen, en ik voorgoed buiten westen raakte.

HET ONTWAKEN

De volgende ochtend had ik twee nieuwe ervaringen, die allebei pijn deden. Ik was nooit eerder wakker geworden met een kater, noch met een hersenschudding, maar – AAAHH! – eens moet de eerste keer zijn, niet? Voordat ik mijn gezwollen, bloeddoorlopen ogen kon opendoen, boog zich een schaduw over mij heen. Ik smeekte hem om hulp. 'Sarge, Sarge, mag ik alstublieft wat water? Water, alstublieft? O, God, WATER!' De schaduw antwoordde zo liefjes, dat ik zonder te kijken wist wie het was. 'Goeiemorgen Alex. Gefeliciteerd. Je bent gearresteerd en hebt voor iedereen de avond verpest. En de auto is er ook niet best aan toe. En wie is Sarge in vredesnaam?'

'Hoi mam,' zei ik schor.

Toen ik eindelijk mijn oogleden van elkaar had gekregen, viel ik bijna flauw door het felle zonlicht dat door het ziekenhuisraam naar binnen viel. Maar voordat ik vredig het bewustzijn kon verliezen, greep ma me vast en gaf me een ribverbrijzelende knuffel. 'O Alex. O, jongen toch.'

'Mam, het gaat prima met me. Echt,' zei ik hijgend als een zieltogende zalm.

Ze keek me recht in de ogen en veegde de tranen weg uit de hare. 'Het gaat helemaal niet prima met je,' snauwde ze. 'Je bent niet goed wijs!' Toen gaf ze me een flinke mep op mijn arm, precies op het moment dat mijn vader binnen kwam denderen.

Terwijl ik behoedzaam het gebied rond mijn biceps onderzocht op slagaderlijke bloedingen, begon pa op hoge toon uit te varen. 'Ja, lekker, Janet, waarom zou je die jongen niet meteen doodslaan nu we hier toch zijn? Heel handig, het mortuarium is hier beneden.'

'Hou dat "ja lekker Janet" maar voor je, Simon. Het is per slot van rekening jouw schuld dat die jongen hier ligt, als een.... een... een...'

'Wrak?' viel ik haar bij.

'Hou je mond jij!' schreeuwden ze als uit één mond. Zie je wel, als het om de kinderen gaat KUNNEN gescheiden ouders best op één lijn zitten.

'Waarom zou dit mijn schuld zijn? Jij laat hem alleen in jouw huis, dronken, *met de autosleutels*, terwijl jij aan de boemel bent met de een of andere...'

'*Ik* laat hem dronken achter?'

'Ja, *jij* laat hem dronken achter.'

'O ja, en *wiens* sterke drank staat er nog steeds in huis?'

'Wat bedoel je met *nog steeds* in huis? Was het niet *jouw* advocaat die zei dat ik geen *gemeenschappelijke eigendommen* mee mocht nemen uit het...'

Deze Oorlog der Cursieven kon ik niet langer verdragen. Ik keek de andere kant op en begon aan mijn arm te frunniken, want ik had jeuk. Mijn vingers raakten iets alarmerends – er zat een infuus in mijn arm! Wat kregen we NOU? Ik moest het weten, en wel meteen, dus ik reikte naar de knop aan de zijkant van mijn bed en drukte wanhopig op het alarm. Er kwam een zuster binnen, die zich een weg baande langs mijn ruziënde ouders, halt hield bij mijn bed en me aankeek met een verwachtingsvolle blik. 'Hoi, ik ben zuster Anderson. Wat kan ik voor je doen?'

'Uh, hoi. Ik heet Alex en uh, kun jij me vertellen waarom ik een naald in mijn arm heb? Ben ik, uh, levensgevaarlijk gewond of zo? Ik bedoel, als dat zo is, dan wil ik dat graag weten.'

Ze zuchtte. 'Nee, je bent niet levensgevaarlijk gewond,

te denken aan hoe hij mijn moeder bedroog met mijn juf van vroeger. Uiteindelijk draaide ik mijn hoofd maar naar de muur en deed alsof ik sliep, wat hij na een minuut of zeven, acht pas doorhad. Ik zweer het, ik had bijna een nepsnurk laten horen om het proces te versnellen, maar ik was bang dat hij me dan weer wakker zou schudden. Aangezien mijn hoofd aanvoelde alsof het eraf zou rollen als je me heen en weer zou schudden, wilde ik dat risico liever niet nemen.

Ik heb pa niet horen weggaan, dus ik moet op een zeker moment echt in slaap zijn gevallen. Het volgende dat ik me herinnerde, was dat ma op de rand van mijn bed zat en mijn hand vasthield. Ze huilde weer. Ik herhaalde de scène van de 'sluimerende jongen', maar nu om een andere reden: ik wilde niet dat mijn moeder zou zien dat ik *ook* tranen in mijn ogen had.

DE DAG VAN DE GESTOORDE SUKKEL

Ik bleef die hele dag in het ziekenhuis en mocht op zondag naar huis, nadat een vriendelijke dame van de afdeling Maatschappelijk Werk mij officieel 'aan mijn ouders had overgedragen'. Voordat we konden vertrekken, moest mijn moeder een enorme stapel papieren van de politie ondertekenen. Ook moest ze beloven dat ze een advocaat voor me zou regelen en me over dertig dagen naar de rechtbank zou brengen voor een hoorzitting waarin mijn zaak betreffende rijden onder invloed zou worden behandeld. Er was geen hogere wiskunde voor nodig om te begrijpen dat dit een hele lange maand zou worden.

Ma was niet bepaald spraakzaam te noemen die eerste ochtend thuis, en omdat ik te veel pijn had om buiten iets te gaan doen, ging ik beneden in de kelder een paar uur op mijn elektrische gitaar zitten pingelen. Het is mijn mooiste bezit, een echte American Fender Telecaster met een prachtig glanzende lak, die mijn vader vorig jaar vlak na zijn vertrek voor me heeft gekocht, in een vlaag van schuldgevoel. Ik weet nog dat ik toen ongeveer een twaalfmiljoenste van een seconde heb getwijfeld of ik zo'n doorzichtig goedmakertje wel zou aannemen, maar kom op, we hebben het hier over een Tele en mijn oude akoestische gitaar was een goedkoop *made in China*-geval. Dus maakte ik mezelf wijs dat genieten van het leven de beste wraak is, plugde de Tele in en speelde een maandlang non-stop.

Tot een paar maanden nadat mijn ouders uit elkaar waren gegaan heb ik gitaarles gehad, dus ik heb van mijn leraar een hoop basistechnieken geleerd. Toen ben ik met de lessen ge-

stopt omdat ik vond dat er in het licht van de oplopende ad-
vocatenrekeningen van mijn ouders toch *iemand* moest zijn
die voor mijn collegegeld spaarde. Daarna heb ik nog allerlei
oefeningen uit muziekboeken en tijdschriften doorgewerkt. En
ik ben in de schooljazzband blijven spelen, al was ik geen geweldige jazzgitarist, want jazz is de moeilijkste gitaarmuziek
die er bestaat. Maar ROCKEN kon ik wel.

Dus daar stond ik dan met een stapel cd's mee te spelen,
versterker op tien, tot ik er daas van werd. Ik draaide de versterker zachter en zette de cd-speler uit. Ik deed nog een paar
vingeroefeningen en speelde wat toonladders, tot de misse-
lijkheid en de verveling de overhand kregen. Ik wist dat ik niet
beneden kon blijven tot mijn moeder mijn kleine automobiel-
avontuur vergeten zou zijn, dus sleepte ik mezelf naar boven
om te gaan lunchen.

Ze zat aan tafel een koekje in haar koffie te dopen zonder
er een hap van te nemen. Ze keek op en wees met het kleffe
baksel naar mijn borst, terwijl ze overal bruine, halfvloeibare
drab morste. 'Alex, ik zit hier nu al uren naar jouw gitaarspel
te luisteren, en probeer iets te begrijpen. Weet je waar ik maar
niet achter kan komen?'

Ze wachtte zo lang dat ik vreesde dat de vraag misschien
toch niet retorisch bedoeld was.

'Ik kan maar niet begrijpen WAAROM je jezelf dronken hebt
gevoerd en er met mijn auto vandoor bent gegaan. Waar probeerde je nou naartoe te rijden? Niet naar mevrouw Wilsons
azaleastruik, mag ik hopen. Je bent toch geen domme jongen,
maar dit is echt... stom en zinloos.'

Ik had haar natuurlijk kunnen vertellen over mijn geniale
plan om het huis van haar ex te bestormen, maar dat hele uit-
elkaar-gaan-gedoe was niet iets waar veel over werd gepraat
bij ons aan tafel. 'Kweenie, mam. Ik wilde gewoon iets DOEN.
Jij had een leuke avond, terwijl ik alleen thuis zat met een
computer die het niet deed, en jij hebt vorige maand mijn te-

lefoon AFGEPAKT, als je dat nog weet, dus wat had ik moeten doen? Mijn wiskundehuiswerk maken op vrijdagavond? Een andere niet-geliefde, impopulaire sukkel uitnodigen om Nintendo te spelen? Het kastje in de badkamer opruimen?'
'Nou, je had...'
Aha, ze ging in de verdediging. Zodra je ma uit haar aanvalsstand weet te krijgen, zit je gebeiteld. 'Wat had ik?'
'Ik weet het niet, Alex, maar vrijwel alles was beter geweest dan wat je uiteindelijk HEBT GEDAAN. Je had wel iemand DOOD kunnen rijden.'
Oké, misschien was ze toch nog niet helemaal bereid om de wapens neer te leggen.
'Mam, ik heb niemand doodgereden. Er is zelfs niemand gewond geraakt. Ik heb alleen een stomme tuindwerg gemold. Ik zou verdomme een prijs moeten krijgen omdat ik de buurt een beetje heb opgewaardeerd. En ik was helemaal niks kwaads van plan. Ik wilde alleen maar naar pa's huis rijden en hem uitschelden omdat hij bij *jou* is weggegaan.' Zo, het onderwerp 'uit elkaar gaan' lag nu toch op tafel.
'Probeerde je naar pa's huis te rijden? Was *dat* het plan? Maar je hebt niet eens het eind van de straat gehaald!'
'Tja, het ging een beetje fout, ma. Wil je me dat vertellen? Dat ik fouten heb gemaakt?'
'Ja, er zijn zeker fouten gemaakt, Alex. Dat ik jou vertrouwde, was bijvoorbeeld een flinke blunder. En nu ga ik je uitleggen hoe de komende maand eruit gaat zien, tot jouw afspraak bij de rechtbank. Je wordt door MIJ naar school gebracht, waar je door MIJ weer wordt opgehaald, je maakt je huiswerk meteen na schooltijd onder MIJN toezicht, en daarna mag je alleen rustige dingen IN HUIS doen, tot je om tien uur naar bed gaat.'
Tien uur?
'Mam, hoe wil je dat gaan doen, mij wegbrengen, ophalen, op tijd op je werk komen en ook nog slapen?' Ma is ver-

pleegkundige en draait nachtdiensten in een verzorgingshuis, dus normaal gesproken sliep ze altijd als ik op school zat.

'Dat weet ik niet, Alex. Ik zal iets moeten verzinnen, want ik zal je de komende dertig dagen als een hinderlijke uitslag op je huid zitten. En als dat je niet bevalt, dan had je dat moeten bedenken VOORDAT je gearresteerd werd.'

Ik zakte aan tafel neer en wilde het haar opzij vegen dat voor mijn ogen hing. Er schoot een schroeiende pijn door de hechtingen in mijn voorhoofd en ik kromp ineen. De tranen sprongen in mijn ogen.

'O, Alex, deed het pijn?'

Ik snotterde. 'Ja, mam.'

'MOOI ZO.'

Het was duidelijk dat onze thuissituatie wat gespannen was. Dus ik dacht dat het wel een opluchting zou zijn om maandag weer naar school te gaan. En dat had misschien ook zo kunnen zijn, als alle leerlingen in het weekend niet in fanatieke nieuwsjagers waren veranderd. Toen ik die eerste dag de hal in liep, wierpen ze me bijna allemaal een snelle, zijdelingse blik toe, en wendden toen vlug hun hoofd af om niet te hoeven staren naar mijn gehavende gezicht met al die zigzaghechtingen. Maar er is altijd wel een rat die het niet kan laten, hè? Toen ik wilde doorlopen naar onze klas, sloeg hij toe.

'Wow, kijk nou, daar hebben we Harry Potter! Dat litteken staat je goed, Gregory. Echt. Wie doet jouw make-up, en kun je niet een afspraak voor mij maken voor... uh... nooit?' Het was Bryan Gilson, de vervelendste klier van de klas. Vroeger, toen we kleine jongetjes waren, gingen we constant met elkaar op de vuist, maar op de een of andere manier had Bryan niet door dat de anderen daar op een gegeven moment overheen waren gegroeid. Daarbij kwam nog dat zijn vader bij de politie zat, dus ik kon er wel van uitgaan dat hij van alle ins en outs van mijn zaak op de hoogte was. Ik probeerde hem voorbij te lopen en zonder iets te zeggen naar mijn plaats te gaan.

'Hé, maak je niet druk, joh. Het had veel erger gekund. Natuurlijk zie je er rot uit, maar je zou die andere gast eens moeten zien. Of KABOUTER, moet ik eigenlijk zeggen.'

Ik haalde diep adem. Twee keer. Drie keer. En ging zitten. Bryan kwam naast me staan. Iedereen staarde me nu aan; logisch, want ze wilden allemaal zien of ik Bryan zou aanvliegen. Die overigens honderdvijftig kilo zwaarder was dan ik en op rugby zat – alsof hij niet al genoeg voordeel had van mijn hersenschudding, hoofdwond en verlammende pijn. Net toen deze impasse ondraaglijk begon te worden, net toen ik iets moest gaan zeggen of doen, schoot mijn beste vriendin Laurie Flynn het lokaal in. Ze rende naar ons toe en duwde Gilson opzij alsof hij een peuter was. Wauw! Laurie kwam me redden uit de klauwen van het kwaad, kwam mijn vijanden vernietigen...

'Wegwezen, zitten, en kop dicht, Bryan. Dat je een lompe waterbuffel bent, betekent nog niet dat ik je niet met één hand vastgebonden achter mijn rug in elkaar kan slaan, zoals vroeger. En doe je mond dicht voordat je op mijn schoenen kwijlt, achterlijke garnaal!'

Toen keerde ze Bryan DE RUG TOE, want ze wist dat hij haar woede niet zou durven trotseren. Dat betekende dat ze zich nu met haar volle veertig kilo op mij kon richten. Voordat ik een poging kon doen om haar met een 'dankjewel' te kalmeren, leunde ze voorover met haar armen op mijn tafel en gaf me de wind van voren.

Sjonge, waar is je mentor als je hem het hardst nodig hebt?

'Alex Peter Gregory, je bent een stomme idioot.' Ze sloeg met haar handen op tafel en stampvoette.

Dit overkomt me dus heel vaak.

'Je bent een randdebiel. Je bent echt een bal gehakt – erger, je bent een aangebrande bal gehakt! Je bent een sukkel, een gestoorde gek. Je bent een... een... een gestoorde sukkel!'

Ik probeerde haar te bedaren met een onweerstaanbare babyhondjesblik, maar deze stoomwals liet zich door niemand

MiJN DA9 OP
DE RECHTbANk

Dertig dagen duren lang. Althans – dertig dagen stellen niks voor als je zit te kijken hoe snel een gletsjer zich verplaatst, of als je wacht tot een stuk radioactief uranium veilig genoeg is om er sieraden van te kunnen maken. Maar het is een eeuwigheid als je alleen maar naar school gaat, op je huiswerk zwoegt, en kibbelend met je moeder door het huis ijsbeert. Ik vermeed zo ongeveer elk menselijk contact en negeerde met name iedere poging die mijn vader deed om met mij te communiceren. Hij belde me dagelijks, maar ik liet het antwoordapparaat aanslaan en wiste vervolgens de steeds zieliger wordende berichten. Hij mailde me TWEE keer per dag, maar ik opende zijn mailtjes nooit, en ten slotte blokkeerde ik ze met een spamfilter. Jammer dat ik niet zo'n ding op mijn leven kon zetten, dan had ik zijn hele bestaan simpelweg kunnen uitwissen. Mijn ouders hadden de voogdij nog niet officieel geregeld, deels omdat ik al zestien was en deels, zoals ik al eerder heb verteld, omdat de echtscheidingsadvocaten het zo druk hadden met hen uit te melken, dat ze geen tijd hadden om alle juridische kwesties te regelen – dit ten koste van mijn collegegeld. Maar in principe was het de bedoeling dat mijn vader mij zo vaak kon zien als hij wilde.

Natuurlijk, in principe was het ook de bedoeling dat hij gewoon bij mijn moeder was gebleven tot de dood hen zou scheiden, maar we weten allemaal hoe dat is afgelopen. Dus als hij ons zomaar kon dumpen, dan kon ik hem wel wissen alsof het om een verdacht mailtje uit Afrika ging, waarin je wordt gevraagd om je bankrekeningnummer door te geven. Wat me meer dwarszat, was waarom ik Laurie steeds ontweek. Zij had naar me kunnen luisteren en mij misschien wel advies kunnen geven, of ze had me kunnen helpen om erachter te komen waarom ik op een willekeurige vrijdagavond een bom onder mijn leven had gelegd. Bovendien waren haar ouders gescheiden sinds haar zesde verjaardag, toen haar moeder niet kwam opdagen en haar vader met de mededeling kwam dat pappa's 'speciale verjaardagscadeau' voor zijn kleine prinses een heus voorstedelijk droomhuis voor twee was. Zij kende dus het klappen van de zweep, bedoel ik maar te zeggen.

Maar ik moest steeds weer terugdenken aan die keer dat we negen waren. Ik zie het nog heel duidelijk voor me: ik had mijn gestreepte Yankees-zwembroek aan. Ik had op het dak van de veranda achter het huis een skateboardhelling gemaakt, en op het terras naast het zwembad een trampoline neergezet. Het leek mij volkomen realistisch dat ik met mijn flitsend groene skateboard op het dak zou klimmen, van de helling zou suizen, in de lucht het board zou wegschoppen, op de trampoline zou landen en de stunt zou afsluiten met een perfect uitgevoerde zweefduik in het zwembad. Ik belde haar op en zei dat ze METEEN moest komen, met haar zwemspullen en haar vaders videocamera, want dit was een moment dat voor het nageslacht moest worden vastgelegd, vond ik.

Dus arriveerde Laurie een paar minuten later, keek één lang ogenblik naar mijn spectaculaire en zorgvuldig uitgedachte opstelling, en probeerde me onmiddellijk op andere gedachten te brengen. Ik hoor nóg haar iele stemmetje weerkaatsen tussen de bakstenen muren rond het terras: 'Alex, dit is heel dom. Er kunnen wel miljoenduizend dingen fout gaan.'

'Dûh, dat is niet eens een echt getal. En het is volkomen veilig. Ik heb dit WETENSCHAPPELIJK uitgedacht (mijn favoriete woord die zomer, net als toen ik op WETENSCHAPPELIJKE wijze honing op een bijennest had gegoten, om te zien of ze zouden sterven van geluk. De artsen op de spoedeisende hulp moesten overwerken dankzij mijn onbaatzuchtige toewijding aan de WETENSCHAP). Wat kan er nou misgaan?'

'Nou, je zou daarboven van je skateboard af kunnen vallen, en dan van het dak kunnen rollen en doodvallen. Of je zou de sprong misschien wel kunnen maken, maar op je skateboard op de trampoline landen en dan doodvallen. Of, als je hier beter in bent dan ik nu inschat, dan zou je misschien de sprong op de trampoline nog wel kunnen halen, maar dan het zwembad missen en doodvallen. Of wel het zwembad halen, maar met je hoofd tegen de rand slaan en doodvallen.'

Ik moet toegeven dat die laatste optie vrij realistisch was.

Gedurende de septembermaand die daarop volgde, hadden de video en het verhaal legendarische proporties aangenomen. Nee, Laurie is nooit erg optimistisch geweest als het mijn avonturen betrof. En daarom stond ik dus niet te trappelen om haar advies te vragen over mijn meest recente escapade.

Hoe dan ook, tussen school, de uren met mijn moeder en de opwinding over de ontmoeting met mijn advocaat (die ook mijn oom Larry is; zijn enige commentaar was: 'Heb je dat echt allemaal GEZEGD en GEDAAN?'), kroop de maand voorbij. En brak de dag van de hoorzitting aan.

* * *

Je wordt 's morgens wakker op de dag dat je op de rechtbank wordt verwacht, en dan is het *showtime*. Je gaat douchen en scheert de negen dunne perzikzachte haartjes op je gezicht, al is het twijfelachtig of ze er echt al zitten, maar tegen je vrienden zeg je van wel. Je poetst je tanden, flost, poetst ze nog een keer, gorgelt met mondwater en bent dan nog steeds bang dat ze je naar de gevangenis zullen sturen wegens een slechte adem. Je moeder kijkt toe terwijl je je kleedt voor de strijd, in het enige pak dat je hebt. Vervolgens moet je ver vorover geleund je cornflakes opeten, zodat je geen melk kunt knoeien op je schattige babyblauwe stropdas. Je trekt je nette schoenen aan, die van het concert van de band, afgelopen voorjaar. Je voelt de blaren nu al. Je hoofd gonst van de zenuwen. Je handen zijn, tegen alle natuurwetten in, ijskoud en zweterig tegelijk. Op de een of andere manier weet ma je de auto in te krijgen, die inmiddels een glanzend nieuwe voorbumper heeft. Tijdens de rit naar de stad is het zo stil dat je de geluidsgolven van de radio via het montuur van je zonnebril kunt horen, zonder dat je hem hoeft aan te zetten.

* * *

Ma parkeert de auto een paar straten bij de rechtbank vandaan, zodat je blaren er nog even lekker ingewreven kunnen worden. De wandeling zorgt voor nog meer koud zweet, alleen nu over je hele lichaam. Onder aan de marmeren trappen van het gerechtsgebouw geeft ma je snel een knuffel en trekt je zonnebril van je hoofd ('je wilt er toch niet als een *crimineel* uitzien!'), woelt door je haren alsof je nog maar vijf bent, en probeert ze vervolgens weer glad te strijken, hoewel jij heel zeker weet dat áls je al vanwege je persoonlijke verzorging naar de nor wordt gestuurd, dat dan toch je adem de doorslag zou geven en niet je coup. Je sluit achteraan in de rij, gaat langs de metaaldetectors, ontmoet je advocaat bij de deur van de rechtszaal, en loopt naar binnen.

* * *

Toen ik deze rechtszaal inkwam, was ik geschokt. Ik had een grote marmeren zaal met galerijen verwacht, met een gewelfd plafond, overal donker hout en misschien ook nog Griekse pilaren met beelden van Vrouwe Justitia erop. Maar dit was slechts een klein kaal hok, met klaptafels voor de aanklagers en de advocaten, tegenover een metalen bureau. Op de stoel van de aanklager zat een vriendelijk uitziende oude man met vettig achterovergekamd haar, en een pak dat zo donker was dat het al het bleke tl-licht leek te absorberen. Hij zat een beetje opzij gedraaid met de rechter te kletsen en dronk koffie uit een papieren bekertje. Hij en mijn advocaat/oom groetten elkaar alsof ze dagelijks met elkaar samenwerkten, wat vermoedelijk ook zo was. Dat was een tegenvaller, vond ik: ik wilde dat mijn advocaat en de aanklager met ontblote tanden tegen elkaar tekeer zouden gaan, als gladiatoren in de arena, in plaats van naar elkaar te zwaaien en te knikken als oude schoolmaatjes.

Als zij maatjes waren, wie stond er dan aan MIJN kant? De rechter glimlachte naar mijn moeder. Ze had een moederlijke uitstraling met haar donkere, ouderwetse knot. Ze droeg een klein zwart brilletje en een heel gewoon grijs mantelpak. Ook dit stuitte me tegen de borst: waar was haar toga? En waar was die houten hamer? En waarom zei ze: 'Hallo Janet. Tijd niet gezien. Werk je nog steeds in het tehuis?'

Was dit een rechtszitting of een schoolreünie?

Voordat mijn moeder antwoord kon geven, zwaaide de deur open en werd de sfeer ineens een stuk minder intiem. Ik durfde niemand aan te kijken, maar ik gluurde opzij om te zien wie er verantwoordelijk waren voor de plotselinge stilte. Er kwamen vier mannen in uniform naar binnen: twee ambulancemedewerkers, en twee politieagenten die mij heel bekend voorkwamen.

O, shit. Dit waren mijn vriend van de politieauto en een man die op Sarge leek, maar dan een stuk minder wazig dan ik me hem herinnerde. Ai, nu moest ik ineens terugdenken aan iets wat mijn oma vroeger altijd zei: *Bedenk goed hoe je met mensen omgaat, want je weet maar nooit of je ze later nog eens nodig zult hebben.* Ik had nou niet bepaald liefde gezaaid bij deze twee heren, met al mijn gegooi met koffie, mijn gelach en gekots tijdens onze eerste ontmoeting. O ja, en natuurlijk het feit dat ik als minderjarige dronken achter het stuur zat. Over dit laatste onderwerp was het laatste woord nog niet gezegd, vreesde ik.

We gingen allemaal zitten achter de wankele klaptafels, en de rechter opende mijn Grote Zitting, het belangrijkste moment in mijn leven tot nu toe. 'Goedemorgen allemaal. Ik heb de stukken inzake de staat New Jersey versus Alexander Gregory bekeken en volgens mij is er in deze slaps*jtick* voldoende bewijs, dus laten we er niet te veel tijd aan verspillen.'

Tijd verspillen? Ging ze deze hele kwestie nou van tafel vegen omdat iedereen hier toch al onder één hoedje speelde?

'Meneer Sharpe (dat is oom Larry), eerlijk gezegd lijkt deze zaak me een inkopper.'

Wat? Ho nou even. Een INKOPPER? Moest oom Larry nu niet opspringen en *objection!* roepen? De twee agenten zaten zelfgenoegzaam te grijnzen en de vriendelijke aanklager wilde al bijna zijn koffertje gaan inpakken.

Oom Larry nam een flinke slok koffie en nam heroïsch mijn verdediging ter hand, nadat hij een seconde of tien door zijn aantekeningen had staan bladeren. 'U hebt gelijk, Edelachtbare. Ik weet dat het ongebruikelijk is, maar mijn cliënt heeft nog geen strafblad, dus daarom stel ik voor dat we iedereen de tijd en de kosten van een proces besparen, en kijken hoe ver we kunnen komen met een schuldbekentenis.'

Wauw oompje. Mooie manier om de eer van de familie te verdedigen.

De rechter zei: 'Mij lijkt het een prima idee. Heren?'

Haar blik gleed langs de gezichten van de verschillende 911-mannen en de aanklager, die nu ALLEMAAL hun spullen aan het inpakken waren. Ze mompelden wat en knikten, en toen bleek de rechter ineens toch over een houten hamer te beschikken. 'Goed dan, gaat u staan, alstublieft.' Iedereen ging staan. 'In de zaak van de staat New Jersey tegen Alexander

Gregory accepteert de rechtbank de schuldbekentenis van de gedaagde. De staat New Jersey en de gedaagde zullen hier bijeenkomen voor het vonnis, na een schorsing van vijftien minuten.' Ik kon in mijn paniek één grappige gedachte niet onderdrukken: hoe moesten ze ooit de hele staat in deze kleine ruimte krijgen?

Iedereen, behalve oom Larry, ma en ik, liep achter elkaar aan de kamer uit, over koetjes en kalfjes pratend, duidelijk opgelucht dat mijn verdediging een aanfluiting was gebleken, een schijnvertoning, een...

'Nou, dat ging goed, Janet.'

Huh?

'Ik zei het je toch al toen je me hier de eerste keer over opbelde – niemand heeft zin in een proces over zo'n onbeduidend geval waarin de gedaagde zo overduidelijk schuldig is.'

'Uuhh, oom Larry, wat ging er dan precies *goed*?'

'Wat er *goed* ging is dat de rechter nu een paar uur vrij heeft om haar administratie bij te werken, wat betekent dat ze in een goed humeur zal zijn als ze straks uitspraak doet.'

'Maar wat voor straf krijg ik dan?'

'Dat heb ik toch aan je moeder verteld; heeft ze dat niet met je besproken? Je bent nog niet eerder in aanraking geweest met de politie, je bent een keurige scholier en je speelt verdorie in het jazzorkest van school. Ik denk dat die straf hooguit op een waarschuwing zal uitdraaien.'

'En hoe zit het met mijn rijbewijs?'

'Dat zul je waarschijnlijk een jaar of twee later halen.'

Hij vond blijkbaar dat dit niks voorstelde, want zijn blik dwaalde af naar iets achter mij.

'Een jaar of twee later? Al mijn vrienden gaan dit jaar hun rijbewijs halen. Dit is toch niet te geloven. Moet ik voor het eindfeest op school soms een lift vragen aan mijn moeder? En hoe word ik geacht een vakantiebaantje te vinden deze zomer? Dit is echt STOM. Ik ben toch geen crimineel? Er is niemand gewond geraakt. Ik heb een tuinkabouter gemold. EEN TUIN-KABOUTER!!! Ziet die rechter dan niet dat ik volkomen ongevaarlijk ben? Waarom heb je me niet verdedigd?'

Ik hoorde een stem langs mijn linkeroor zweven, en ik begreep nu waarnaar mijn oom had gekeken. 'Omdat hij waarschijnlijk dacht dat je een taakstraf zou verkiezen boven een gevangenisstraf. En hij wist dat ik een PESTHEKEL heb aan dronken chauffeurs.'

Shit, die rechters nemen wel heel korte pauzes.

SOLOMON

Ken je dat? Je loopt een verzorgingshuis in en wordt meteen met een aantal dingen geconfronteerd. Om te beginnen slaat die geur je in het gezicht, alsof iemand net een in lysol gemarineerd, rottend kalkoenkarkas heeft staan koken. Daarbij komt het kleurenpalet, met zijn gewaagde kleurenspectrum dat van wit naar offwhite naar beige loopt. En dan die MENSEN! Je hebt er knorrige hoofdzusters die iedereen lopen af te snauwen, barse verpleeghulpen die hun patiënten in rolstoelen of ziekenhuisbedden van hot naar her rijden, en zo af en toe een dienstdoend arts, die ertussendoor banjert op weg naar een spoedgeval. En dan natuurlijk de patiënten. Oké, van mijn moeder moet ik ze 'bewoners' noemen, maar hé, laten we elkaar geen mietje noemen. Ze zijn toch ziek? Dus zijn het patiënten.

Bewoners, m'n reet.

Maar goed, wat ik hiermee maar wil zeggen, is dat ik nou niet bepaald een geweldige bui had toen ik het Egbert P. Johnson Memorial Home for the Aged binnenliep om aan mijn taakstraf te beginnen, en de atmosfeer daar zou me voorlopig niet opvrolijken. Ik liep naar de zusterpost op de derde verdieping, waar ze me al verwachtten. Drie vrouwen zaten met hun hoofden dicht bij elkaar te snateren, maar hielden daar abrupt mee op toen ik vanaf de lifthal de hoek om kwam.

'Hallo, ik ben Alex Gregory, en ik ben aan meneer... uhm... Solomon Lewis toegewezen. Zit ik hier goed?'

Een van de drie, een zwaargebouwde vrouw van middelbare leeftijd met 'Claudelle Green, gediplomeerd verpleegkundige' op haar naamkaartje, nam me van top tot teen op, grinnikte en zei: 'O, je zit hier zeker goed, schatje. Wij hebben hier de enige ECHTE Solomon Lewis, ja toch, meiden?'

'Mmmm-hmmmmm,' bevestigde ene Juanita Case, leerling-verpleegkundige, die een stuk jonger was en heel knap, en die zo ongeveer in mijn gezicht stond te hinniken. 'Jouw moeder heeft echt een goeie voor je uitgezocht! Sinds wij onze Solomon Lewis hier hebben, zijn alle andere verdiepingen jaloers. Niemand anders heeft iemand die ook maar in de BUURT komt van Solomon Lewis. Dus jij bent onze nieuwe vrijwilliger die meneer Lewis weer vrolijk en gelukkig komt maken?'

De derde van het stel was Leonora McCarthy, maatschappelijk werkster, een klein vrouwtje dat er bijna oud genoeg uitzag om zelf in een van de kamers in een bed te gaan liggen. Ze zei binnensmonds: 'Dat wordt lachen.' Toen keek ze me aan en wees naar de eerste deur rechts van mij. 'We hebben meneer Lewis in drie-vierenveertig gestopt, dicht bij onze zusterpost, zodat we de schade die hij aanricht binnen de perken kunnen houden, zullen we maar zeggen. Je kunt naar binnen, hoor. Hij is dol op nieuwe vrijwilligers. Hij heeft er sinds juli al vier versleten. Als ik je één advies mag geven: probeer niet aardig te doen. Hij verslindt je met huid en haar als je hem te veel ruimte geeft.'

De twee anderen vielen haar bij en echoden: 'Zeg DAT wel' en: 'Ben benieuwd of deze de avond gaat halen.'

Je kunt je wel voorstellen hoe enthousiast ik was toen ik kamer 344 binnenstapte.

De kamer voldeed aan elke ziekenhuisstandaard: witte muren, offwhite vloertegels, kalkoen-lysolgeur. Er hing niets aan de muur – geen kaarten, geen beterschapballonnen, geen familiekiekjes. Dus kon ik maar naar één ding kijken en dat was de man op het bed. Hij zat rechtop met twee kussens in zijn rug naar de tv te staren. Het geluid stond uit en hij zat als een gek te zappen. Zijn haar was metallic grijs, zijn gezicht verrassend rood, waardoor zijn grote gebogen neus extra nadruk kreeg. We hadden het op school bij biologie een keer over Charles Darwin gehad, die wel dertien verschillende vinkensoorten had aangetroffen op de Galapagoseilanden. Ik herinner me dat elke soort een totaal andere snavel had. Eén soort gebruikte zijn snavel om holletjes te maken in de bomen. Vervolgens staken deze vogels hun snavel in het holletje en konden dankzij de kromming bij de larven komen. Welnu, meneer Solomon Lewis zou prima bij deze specifieke vinkensoort hebben gepast. Achter zijn haakneus, overschaduwd door één doorlopende wenkbrauw, probeerden twee laserblauwe ogen een gat in het beeldscherm te branden. Onder de haakneus zat een gewone oudemannenmond met bleke lippen, vertrokken tot de meest kwaadaardige grimas die ik ooit had gezien.

Het complete plaatje: Solomon Lewis was een hoogbejaard, meedogenloos monster, gewapend met een afstandsbediening en een razendsnelle duim.

Ik bleef een paar minuten in de deuropening staan en durfde amper iets te zeggen. Ik schraapte zachtjes mijn keel, daarna harder. Hij moest gezien hebben dat ik daar stond, maar hij had duidelijk gekozen voor de Stille Benadering. Nou, Leonora McCarthy had me gewaarschuwd dat ik vooral niet aardig moest zijn, en ik werd nou niet bepaald emotioneel en knuffelig van de aanblik van deze havikman die mij negeerde, dus ik ging in de leunstoel naast zijn bed zitten en wachtte. En wachtte. En wachtte. Het enige geluid in de kamer kwam van de zacht zoemende verlichting en het reutelende gepiep van de ademhaling van de oude man. Hij was een opvallend luide ademer.

Na hem een aantal minuten te hebben aangestaard, in de hoop dat hij het zou opgeven en me aan zou kijken, probeerde ik me op de tv te concentreren. Wat weer andere frustraties met zich meebracht, want net als ik geboeid raakte door een programma, zapte Solomon Lewis naar een ander kanaal. Het was gewoon eng. Voor de eerste keer (maar zeker niet voor de laatste) kreeg ik het gevoel dat de oude man mijn gedachten kon lezen, alsof hij over bovennatuurlijke krachten beschikte, en kon inloggen op het irritatiecentrum in mijn hersenen.

Net toen ik had besloten om maar op te springen, voor de tv te gaan staan en het nummer 'Getting to Know You' te gaan zingen, nam Solomon Lewis het woord.

'Ga eens rechtop zitten, jij kleine *piesjer*. Heb je nooit iets over houding geleerd?'

'Pardon, meneer?'

'Wat ben jij voor iemand? Weer zo'n slome? Mijn vorige vrijwilliger was zo'n *sjmendrik*, die droeg alleen shirts met klittenband omdat hij geen knopen dicht kon maken. Ik zei net dat je rechtop moest gaan zitten.'

Goed, ik wist ook wel dat ik hier niet voor een picknick was gekomen, maar ik was zo stomverbaasd en in de war door de toon die de man aansloeg en die vreemde woorden die hij ertussendoor gooide, dat ik sprakeloos was.

Dus begon hij me toe te spreken alsof ik een geestelijk gestoorde tamme aap was. 'Rrrr-eeee-cccc-hhhh-tttt oooo-ppppp. Grote knul. Misschien kun je over een poosje leren om rechtop te staan en vast voedsel te eten. Trouwens, wat doe je hier eigenlijk – weerloze oude mannen lastigvallen terwijl je eigenlijk op school hoort te zitten om te leren hoe je een potlood moet vasthouden of zoiets?'

'Ahum, meneer Lewis, ik ben Alex Gregory. Ik zit op de high school en kom de komende tijd tien uur per week bij u langs tot… uh… nou ja, voorlopig.'

'Zo Alex, dus ze hebben mij hiernaartoe gestuurd om me te laten verplegen, en vervolgens sturen ze jou hierheen om me bij de verpleegsters uit de buurt te houden. Weet je wat mijn grootmoeder over deze krankzinnige situatie zou hebben gezegd?'

'Ik uh, nee meneer.'

'Nou, ik ook niet. *Zij* is namelijk dood en *ik* ben zo vergeetachtig dat ik vorige week heb geprobeerd om mijn kamerdeur open te maken met mijn tandenborstel. Maar ze zou iets hebben gezegd. God, wat kon die vrouw praten! Ik weet het nog goed, op een keer, toen we vanuit Polen op weg waren naar Amerika, stond ze zo lang te *kibbitsen* met de man die de kaartjes verkocht, dat we bijna de boot hadden gemist. Mijn grootvader zei tegen haar: "Sadie, als we straks in Amerika zijn, dan kun je de mensen niet meer zomaar van hun werk houden met je *gekibbits*." Waarop zij zegt: "Irv, als we in Amerika zijn, zeg ik helemaal niets meer." Hij knipoogt naar me en zegt: "Halleluja, in Amerika krijgen we ECHT een nieuw leven!"'

Ik wilde bijna hardop lachen, maar het moment ging verloren toen een andere 'bewoonster' voorbijkwam langs de deuropening achter me. Sol stapte uit bed, snelde naar de deur en zei: 'Goedemiddag mevrouw Goldfarb.'

Mevrouw Goldfarb leek een beetje geschrokken en nerveus toen ze zag wie haar aansprak. Ze glimlachte zwakjes en mompelde: 'Dag Sol, alles goed?'

'Prima hoor. Maar hoe vaak heb ik je niet gezegd dat je je GEBIT in moet doen voordat je je kamer uitgaat?'

Ze deed geschrokken haar hand voor haar mond, draaide zich om en dribbelde terug naar waar ze vandaan kwam. '*Gotcha!*' riep Sol innig tevreden. 'Had ik haar even mooi te pakken! Dat is de vierde keer deze week.'

Ik kon het allemaal niet zo snel bevatten. 'Ahum, meneer Lewis, ze HAD haar gebit in.'

'Je bent niet echt een raketgeleerde, jij. Natuurlijk had ze haar gebit in.'

'Maar waarom zei u dan....'

'Alex, *boychik*, als jij je staande wilt houden in dit gekkenhuis, dan moet je één ding over oude mensen heel goed in

je oren knopen: je moet ze scherp houden. Zodra je ze laat op-
houden met denken, kun je net zo goed meteen lachgas in hun
zuurstofflessen stoppen, hup op standje tien, en afmaken
maar.'

Ik had geen flauw idee hoe ik hierop moest reageren, dus
zat ik daar maar met mijn voeten te wiebelen en te staren naar
de hardnekkige negerzoenvlekken op mijn gympies. Solomon
Lewis stapte langs me heen, grinnikend tussen twee luide
ademteugen door, en ging op zijn bed zitten. Plotseling hoorde
ik geen gegrinnik meer maar alleen een gruwelijk 'hie-ha-hie-
ha'-geluid. Hij zat in elkaar gedoken met zijn handen op zijn
knieën. Ik vroeg twee keer of hij hulp nodig had, maar er
kwam geen reactie. Bij de derde keer sprong ik overeind, ging
naar hem toe, knielde vlak voor hem neer en riep: 'Meneer
Lewis, gaat het?'

Hij keek op met een mengeling van woede en angst in zijn
ogen. Zoiets had ik nooit eerder bij iemand gezien. 'Maak je...
hie-ha... geen zorgen. Dit gebeurt... hie-ha... altijd als ik
doodga... imbeciel!'

27 oktober

Geachte rechter Trent,

*Ik schrijf u om u op de hoogte te houden van mijn vorderingen
bij het maatschappelijke project waaraan u me hebt toegewezen.
Ik waardeer het enorm dat u me de kans hebt gegeven om mijn
leven te beteren en van mijn fouten te leren, ook al is er bij het
ongeluk niemand gewond geraakt behalve ikzelf.*

*Ik heb net mijn eerste bezoek aan het verzorgingshuis achter
de rug, waar ik heb gewerkt met een zeer interessante ~~patiënt~~ bewoner, genaamd Solomon Lewis, en ik ben van mening dat u mij
beter een andere opdracht kunt geven.*

*Om te beginnen is de opdracht bedoeld om mensen te helpen,
en ik heb gemerkt dat ik niet voldoende gekwalificeerd ben om
meneer Lewis bij te staan. Hij lijdt namelijk aan geheugen- en*

concentratieverlies, wat beter door een deskundige op het gebied van geestelijke gezondheidszorg kan worden opgepakt dan door een tiener. Verder is hij eerlijk gezegd nogal grof in de mond. In een paar minuten tijd heeft meneer Lewis me een 'imbeciel' genoemd, gezegd dat ik 'geen raketgeleerde' ben en dat ik hem 'lastigval', en hij suggereerde dat de andere ~~pati~~ bewoners maar beter een zachte dood konden sterven. En hij schold me herhaaldelijk uit in een vreemde taal, waarvan de zusters zeiden dat het iets van 'Jiddisch' moet zijn.

Ten tweede had niemand me van tevoren verteld dat meneer Lewis lijdt aan een ernstige ziekte die 'longemfyseem' wordt genoemd. Hij stikte bijna in mijn bijzijn, en ik beschikte niet over de kennis en de vaardigheden om hem te kunnen helpen. Er moest een zuster bij komen die een groot masker bij zich had en hem een soort noodbeademing gaf. Hij heeft het overleefd, maar voor zover ik het kan beoordelen, was het kantje boord. Toen hij eindelijk weer genoeg lucht had, vroeg ik hem of hij zich al wat beter voelde, waarna hij zei: 'Gej kakn afn jam!' Ik heb dit thuis op internet opgezocht en heb moeten constateren dat meneer Lewis blijkbaar liever heeft dat ik 'mijn behoeften in zee ga doen' dan dat ik hem help in het verzorgingshuis.

Ik meen dat ik mij terecht zorgen maak. Ik wil graag een maatschappelijke opdracht vervullen, zodat ik een waardevolle levensles kan leren over verantwoordelijkheid en vertrouwen. Ik ben echter niet gekwalificeerd om tegemoet te kunnen komen aan de behoeften van meneer Lewis. Het tehuis kan mij beter laten vervangen door een psychiater/taalkundige/EHBO'er/heilige, en de rechtbank moet dan maar een andere opdracht voor me zoeken die minder traumatisch is voor mijn gevoelige jonge geest.

Hoogachtend,

Alex Gregory

Beste Alex,

In tegenstelling tot jouw eigen beweringen lijkt meneer Lewis mij de perfecte match voor jou.

Toen we je ter vervulling van je taakstraf opnamen in het Full Circle-interventieprogramma, heb ik je uitgelegd dat de maatschappelijke component maar de helft van het verhaal is. Het gaat er in dit programma om dat je, door de problemen te overwinnen die je ondervindt als je anderen helpt, uiteindelijk ook jezelf helpt. Ik zie uit naar je volgende brieven, zodat ik het hele persoonlijk groeiproces dat je doormaakt, op de voet kan volgen, evenals dat van meneer Lewis. Ik draag je hierbij dus op om je werk voor meneer Lewis voort te zetten.

Met vriendelijke groet,

Rechter J. Trent

PS: Deze Jiddische zin kan je nog wel eens van pas komen als je bij meneer Lewis bent: 'Bloez in toeches!' Ik ben joods, net als meneer Lewis, en in de trotse taal van ons volk betekent dit: 'Blaas maar uit je reet!'

PLAN B

Toen ik voor de tweede keer naar Solomon Lewis ging, moest ik al mijn moed verzamelen om alleen al naar binnen te durven. In de bus onderweg naar het tehuis was mijn innerlijke drilsergeant fanatiek aan het inpraten op mijn innerlijke lafaard, die opvallend veel gelijkenis vertoont met de lafaard die ik in het echt ook ben, nu ik erover nadenk.

Drilsergeant: Kom op nou, kerel. Er ligt in die kamer een taak op je te wachten. Jij gaat nu gewoon naar binnen om je... je... MAATSCHAPPELIJKE DIENSTPLICHT te vervullen totdat ik je vertel dat je klaar bent met... die uh... maatschappelijke dienstplicht!
Innerlijke lafaard: Ja maar meneer, ik ben niet getraind voor deze missie.
Drilsergeant: Om te beginnen noem je me geen 'meneer.' Ik *werk* voor de kost, oké? Ten tweede heb je alle training gehad die je nodig hebt, jongen. Laat nou eens wat ouderwets, mannelijk Amerikaans lef zien en GA NAAR BINNEN.
Innerlijke lafaard: Waarom zou ik?
Drilsergeant: Waarom? WAAROM? Dit leger kent geen 'waarom', kerel. Je bent slechts een wapen. Je krijgt een bevel en dan val je aan. Een *geweer* vraagt toch ook niet naar het waarom? En heb je een *tank* wel eens 'waarom' horen zeggen?
Innerlijke lafaard: Nee, maar hoe zit het dan met een intelligente bom? Vraagt die wel naar het waarom?
Drilsergeant: Uhmm... uh... In die technische snufjes ben ik

niet zo erg thuis. Ik denk, misschien kun je een intelligente bom wel zo *programmeren* dat hij 'waarom' zegt. Maar of hij kan vragen WAAROM hij waarom zegt? De onderliggende vraag is eigenlijk of een intelligente bom een bewustzijn kan hebben. Zoals Socrates al zei…

Innerlijke lafaard: U maakt me bang, meneer.

Drilsergeant: Maakt niet uit. Landingsplaats bereikt. Kom op, *go, go, GO*. En NOEM ME GEEN 'MENEER'! Ik begrijp niet waarom dat snotneuzerige tuig als jij überhaupt in het leger wordt toegelaten. In de tijd van John Wayne had je nog niet van die lafhartige, jammerende, schriele moederskindjes met bibberende knieën, die overal onderuit proberen te komen.

Innerlijke lafaard: Dank u, sergeant. U bent erg inspirerend. Echt.

Ik wachtte vrij lang voor ik de kamer van meneer Lewis in liep. Toen haalde ik diep adem en marcheerde naar binnen. De oude man zat rechtop in bed een boek te lezen dat ik voor school had gelezen: *Angela's Ashes* van Frank McCourt. Dus ik schraapte mijn keel en probeerde meteen het gesprek op gang te brengen.

'Goedemorgen meneer Lewis. Ik ben Alex, uw vrijwilliger. Kent u mij nog?'

Hij staarde me aan alsof ik een wandelende en sprekende schimmelsoort was.

'Trouwens, ik heb dat boek vorig jaar gelezen. Geweldig, vindt u ook niet?'

'Wie ben jij in vredesnaam? Ik heb jou nooit eerder gezien. Zuster. ZUSTER! Help! Er zit een dief in mijn kamer. Ik denk dat hij wil…'

Dit was alarmerend. 'Meneer Lewis, wacht! Ik ben gewoon uw… ahum… Ik ben Alex.'

'Help! Alex Ahum komt me te grazen nemen. ZUSTER!'

Claudelle kwam binnenstampen. 'Meneer Lewis, rustig maar. Er is niks aan de hand.' Ze gebaarde naar mij. 'Dit is toch...'

'Alex Ahum.' Toen begon meneer Lewis zo hard te lachen dat ik bang was dat hij weer bijna zou stikken. '*Gotcha!* Alex Ahum! Sjonge, wat zijn jullie makkelijk beet te nemen.'

Nu ik erover nadenk, eigenlijk *hoopte* ik dat hij alsnog zou stikken.

'Zo meneer Ahum, dus u vond *Angela's Ashes* wel aardig?'

Misschien kon ik nu laten zien dat ik niet helemaal stom was. 'Ja, ik vond het knap gedaan hoe zo'n persoonlijk verhaal leest alsof het fictie is.'

'O, wat een ongelofelijke *chazzeraai*. Een "persoonlijk verhaal dat leest alsof het fictie is." Ha! Vond je het goed? Heb je gehuild? Weet je waar dit boek mij geraakt heeft? Recht in mijn *kisjkes*. Pang! Die Ieren, die weten wat lijden is, geloof dat maar.'

'Ik *zei* ook dat ik het goed vond. Het ging heel diep.'

'Diep? Krijg de griep. Zuster, hoor je wat meneer Ahum hier zegt? Die onzin leren ze tegenwoordig op school, van onze belastingcenten.'

Claudelle klakte met haar tong en liep hoofdschuddend weg. Mij liet ze zinkend of zwemmend achter in de stroom van onverdiende kritiek.

'Luister, meneer Lewis, ik begrijp niet waarom u mij steeds moet hebben. U vond het een goed boek, toch? Ik ook. U vond het goed, ik vond het goed, dus dan hoeft u me toch niet dwars te zitten?'

Meneer Lewis leek ineens toch wel ingenomen met mij. 'Zeg maar Sol, meneer Ahum. Nu je je stem tegen mij hebt durven verheffen, kunnen we elkaar wel bij de voornaam noemen.'

'Sorry meneer Lewis. Het was niet mijn bedoeling om...'

'Luister, meneer Ahum. Om te beginnen zeg ik net dat je me Sol moet noemen. Ten tweede moet je je niet verontschuldigen voor het feit dat je ruggengraat hebt getoond. Een kind als jij, dat niet al te snel is – niks persoonlijks hoor – kan wel wat *choetspa* gebruiken in het leven. Je moet toch eten, en als je het niet van je uiterlijk of je hersens moet hebben, dan is een grote mond helemaal geen slecht alternatief.'

Wauw, dat was het meest dubieuze compliment dat ik ooit heb gekregen. Maar ik heb tenminste *choetspa*, wat het ook moge zijn.

'Meneer Ahum, wat gaan we eigenlijk doen vandaag? We hebben genoeg aan literatuur gedaan voor de rest van de week, dus wat denk je van een potje schaken? Of is dammen meer iets voor jou? Boter-kaas-en-eieren? Kwartetten? Pesten?'

Ik weet werkelijk niet hoe ik erop kwam, maar Sol had weer iets bij me getriggerd: 'Kom op Sol, ik heb hier nog drie uur te gaan vanavond. Zullen we een vriendschappelijk potje poker doen?'

Sol haalde een pakje kaarten tevoorschijn en er verscheen een ijzingwekkende grijns op zijn gezicht.

10 november

Geachte rechter Trent,

Toen u als voorwaarde voor mijn taakstraf bepaalde dat ik door het verzorgingshuis een 'uitdagende' bewoner toegewezen moest krijgen, heeft mijn moeder, zoals u weet, bewust meneer Lewis uitgekozen als de perfecte match voor mij. Ik weet ook dat u mijn moeders keuze in uw laatste brief hebt ondersteund. Mijn moeder heeft in deze zaak echter een direct persoonlijk en financieel belang – je zou zelfs van 'rancune' kunnen spreken – en daarom wil ik u nogmaals dringend verzoeken mij een andere opdracht te geven.

Omdat ik een goede en consciëntieuze kracht ben, ben ik op donderdag 9 november voor de tweede keer bij meneer Lewis langsgegaan om de volgende drie uur van mijn opdracht te vervullen. Zoals u hieronder zult lezen, verliep een en ander niet erg soepel. Als ik kijk naar de voorwaarden voor een succesvolle afronding van het Full Circle-project, namelijk a) iemand een levensles leren, b) zelf een levensles leren en c) de 500 dollar schade aan mevrouw Wilsons gazon vergoeden, waarbij ik me moet neerleggen bij haar belachelijk hoge claim van $ 374.59 voor een tuinkabouter, dan zie ik niet hoe ik bij meneer Lewis ooit mijn taakstraf naar behoren kan volbrengen.

Ten eerste zou ik niet weten hoe ik meneer Lewis iets zou moeten leren. Ik heb donderdag geprobeerd een intellectueel gesprek over literatuur met hem te voeren, maar daar was hij opvallend weinig ontvankelijk voor. Hij vindt dat ik dom ben en er raar uitzie, dus ik geloof niet dat hij zich kan voorstellen dat hij van mij enige wijsheid zou kunnen ontvangen. Op een gegeven moment zei ik tegen hem: 'Als u nou even naar mij zou luisteren, dan zou ik u misschien iets kunnen leren.' Waarna hij antwoordde: 'En als er aan mijn grootmoeder wielen zouden groeien, zou ze misschien een tram kunnen worden.'

Ten tweede kan meneer Lewis mij niets leren, omdat hij het te druk heeft met mij uit te schelden, al geef ik toe dat ik hier en daar wel wat Jiddische uitdrukkingen oppik. Ik weet bijvoorbeeld dat een sjlemiel een onhandige sukkel is, en een sjlemazzel het slachtoffer van de sjlemiel. Het stuit me echter tegen de borst dat meneer Lewis het nodig heeft gevonden om een groot glas ijskoud water over mijn schoot te gooien, enkel en alleen om mijn vocabulaire te vergroten. Bovendien is vocabulaire geen levensles. Misschien ben ik geen raketgeleerde. En misschien ben ik inderdaad een imbeciel of een sjlemazzel. Maar als meneer Lewis werkelijk in staat zou zijn om bij te dragen aan mijn persoonlijke groei, zou ik dat echt wel doorhebben, en dat is dus duidelijk niet het geval.

Ten derde weet ik dat ik geacht word de 500 dollar voor die tuinkabouter terug te verdienen, à 5 dollar per uur. Meneer Lewis heeft echter misbruik gemaakt van mijn jeugdige leeftijd en mijn onschuld, door mij $ 27,25 af te troggelen tijdens een spelletje poker. Als ik per bezoek 15 dollar blijf verdienen en 27 dollar zoveel verlies, werk ik hier nog als ik zelf rijp ben voor het verzorgingshuis. Die meneer Lewis heeft een hoop choetspa als hij een weerloze tiener zomaar zijn geld afhandig durft te maken!

Graag maak ik hierbij nogmaals duidelijk dat ik niet lui ben. Ik zou met alle plezier huizen willen bouwen voor Habitat for Humanity, of veertig kilo zware watertanks sjouwen voor de Special Olympics. Ik zou dolgraag speeltuinen verven, schoolgebouwen dichtkitten of geulen graven. Ik wil stallen uitmesten of grasmaaien in alle parken van de stad. U kunt me geen groter plezier doen dan mij de complete vloot politieauto's te laten wassen, wat bovendien een passender straf zou zijn voor een specifiek element van mijn 'misdrijf'. Als u mij de kwelling bespaart van nog vierennegentig uur Solomon Lewis, dan ben ik bereid tweehonderd uur voor u te werken. MAAKT NIET UIT WAAR OF WANNEER.

U hoeft maar te kikken en ik trek mijn werkhandschoenen aan.

Hoogachtend,

Alex Gregory

Uw Klamme en Bevroren Sjlemazzel

14 november

Beste Alex,

Ploeter nog even door daar. Ik heb het gevoel dat je op het punt staat een fantastische doorbraak te bereiken.

Met vriendelijke groet,

Rechter J. Trent

PS: 'Sjlemazzel' is niet zo beledigend als je denkt. Als meneer Lewis je 'mesjoggener' of 'krankzinnige' gaat noemen, dan weet je echt zeker dat je wordt beledigd.

LAURIE ONTMOET SOL

'Zo Laurie, prinsesje. Is die man van je een *mesjoggener* of niet?'

'Meneer Lewis, Alex *is* mijn man niet. We zijn pas zestien. Ik heb trouwens net gezegd dat hij mijn beste vriend is. Hij heeft geen enkele romantische belangstelling voor mij.'

'Dat weet ik. Daarom is hij ook een *mesjoggener*.'

* * *

Er zijn dingen in het leven die gewoon niet samengaan. Olie en water bijvoorbeeld. Cobra's en mangoesten. Brandende sigaretten en vaten dynamiet.

Alcohol en tuinkabouters.

Maar als er één combinatie was die mij met angst en vrees vervulde, dan was het die van Laurie en Sol – *het* recept voor rampspoed.

Natuurlijk waren Laurie en ik nog steeds beste vrienden. Sinds de hoorzitting viel ze me niet meer lastig over het ongeluk. In het begin had ze nog enig medeleven getoond, vanwege het rijbewijsgedoe. Nu had ze het te druk met luisteren naar de verhalen over mijn ellende. Elke woensdag en vrijdag kwam ze voor de les met een nauwelijks verholen grijns aanrennen om te vragen: 'Hoe was het gisteravond bij Sol?'

Dus gaf ik haar een samenvatting: hij heeft me erin geluisd met pokeren en mijn been bevroren. Of: hij heeft me aap genoemd. Of: hij heeft de pruik van mevrouw Goldfarb weer in de plantenbak verstopt.

Toen Laurie zei: 'Wanneer kan ik die man ontmoeten?' sprankelden haar ogen alsof ze was betoverd door een demente elf.

Wat doe je dan als jongen? Voor iemand die altijd op mij zat te vitten vanwege mijn slechte ideeën, was ze wel erg blind voor haar eigen talent voor rampspoed. Kun je je voorstellen wat hij tegen haar zou zeggen? En wat zij tegen hem zou zeggen? Wat ze elkaar zouden *aandoen*?

Ik had visioenen van heroïsche veldslagen met afstandsbedieningen, rolstoelen en Chinese werpsterren die met een rinkelend geluid op de zuurstoffles van de oude man zouden landen. Het was echt niet in me opgekomen dat de onweerstaanbare krachtbron en het onbeweeglijke object dikke vrienden zouden worden.

We waren dus gebleven bij de historische eerste ontmoeting. Misschien moet ik even terugspoelen, zodat je de hele pijnlijke kennismaking kunt meemaken.

Het was vrijdagavond en Laurie kwam langs bij mij thuis. Ma liep als een krankzinnige door de keuken te ijsberen en bereidde zich voor op haar tweede 'eerste echte afspraakje' – de eerste ware Jacob wilde niet meer met haar afspreken nadat ik met mijn kleine voertuigavontuur hun avond ruw had verstoord. Ma was bang dat ik weer iets stoms zou uithalen als zij weg was, en Laurie greep haar kans om toe te slaan.

'Mevrouw Gregory, ik heb de ideale oplossing om Alex vanavond uit de problemen te houden.'

'Ik ook, maar ik denk dat de kinderbescherming het er niet mee eens is als ik hem weer bij de hond opsluit.' Die moeder van mij, met haar bizarre kindermishandelingshumor!

'Mijn oplossing is misschien minder bevredigend, maar wel volkomen legaal. Wilt u hem horen?'

'Lieve Laurie, zou jij misschien het bovenste knoopje achter in mijn nek willen vastmaken? Oké, vertel op.'

'Ik neem de zorg voor de jongen vanavond op me en neem

hem, met de bus, mee naar het verzorgingshuis om meneer Lewis op te zoeken.'

Ze negeerde mijn stokkende adem, mijn vuile blik en mijn gemene trap tegen haar enkel, en vervolgde met haar wind-de-ouders-om-je-vinger-stem: 'We slaan dan drie vliegen in één klap: u hebt een onbezorgde avond want Alex heeft geen toegang tot een auto, Alex maakt wat extra uren bij meneer Lewis en maakt daarmee indruk op de mensen van het interventieprogramma, en ik hoef niet alleen thuis te zitten omdat die loser van een vriend van mij huisarrest heeft.'

'Hmmm... eens even nadenken. Is deze ketting te grof bij deze jurk?'

'Nee hoor, hij staat prima. Wat vindt u van het plan?'

'Sorry schat, maar Alex blijft waar hij is.'

Ik glimlachte en toen was het Lauries beurt om tegen MIJN enkel te trappen. 'Mevrouw Gregory, waarom draagt u niet die kleine gouden oorringen? Die laten uw ogen zo mooi uitkomen.'

'Ik heb al nee gezegd, lieverd.' Mijn moeder pakte haar kleine, hippe handtasje.

'Ik weet het. Ik zeg het alleen omdat ik het belangrijk vind dat u de juiste accessoires draagt op uw grote avond. Hebt u uw mobieltje mee?'

'Ja, hoezo? Alex weet waar hij me kan bereiken: bij Pluto Grill, aan het water.'

Laurie wierp me haar zoetste en meest sinistere glimlach toe. 'Alex weet wel waar u bent, maar weten de politie en het ambulancepersoneel het ook? Dat is de vraag.'

Toen klonk er buiten een claxon. Ma keek naar Laurie. Laurie grijnsde naar mijn moeder. Ma gromde. 'Oké dan, neem hem maar mee, jij verdorven kleine heks. Als je er maar voor zorgt dat hij *thuis* is als ik terugkom.' Vervolgens realiseerde ze zich dat dit er een tikje scherp uitkwam, dus ze omhelsde Laurie snel en mompelde: 'Pas goed op hem, oké?'

Ma denderde naar buiten nog voor ik kon uitwijden over mijn ongekende en legendarische vermogens om voor mezelf te zorgen. Laurie draaide zich om en zei: 'Pak je jas. En bedank me niet al te enthousiast, anders ga ik nog blozen!'

Ik was te kwaad om onderweg veel te zeggen, maar toen we uitstapten en het tehuis in liepen, kon ik Laurie toch niet zomaar zonder waarschuwing naar binnen laten gaan. Zelfs de Koningin van de Manipulatie had recht op enige voorbereiding voordat ze zich in de strijd zou storten. Daarom gaf ik haar alle tips die ik zelf had gekregen: vermijd oogcontact, wees nooit vriendelijk, stel je niet kwetsbaar op door persoonlijke informatie, je eigen mening of observaties te delen. Ze wilde weten wat ze dan WEL kon doen. 'Hard naar huis rennen, meiske,' was het enige dat ik kon bedenken.

Zuster Claudelle kwam net de hoek om toen wij uit de lift stapten, en had de laatste zin van mijn preek opgevangen. Ze klakte afkeurend met haar tong. 'Waarom strooi jij nou praatjes rond over meneer Lewis? Je moet niet naar hem luisteren hoor, schat. Solomon Lewis is een keurige oude heer. Trouwens, Alex, waar heb jij dit lieve kind al die tijd verborgen gehouden? Hallo, ik ben Claudelle Green. Ik heb de leiding over deze afdeling. Je zult wel trots zijn op Alex. We hadden hem nogal op stang gejaagd voordat hij de eerste keer bij meneer Lewis naar binnen ging, maar hij marcheerde als een soldaat die kamer in en sindsdien loopt het op rolletjes. Zo is het toch, Alex?'

Ik stamelde: 'Hij... jij... jullie zeiden allemaal dat hij... Wacht! Ze is helemaal geen lief kind. Dit is Laurie, een vriendin van mij.'

Claudelle klakte weer met haar tong. 'Laurie, die vriend van jou is best een aardige jongen. ALS hij tenminste ooit nog manieren leert en jou dan vertelt dat je WEL een lief kind bent.'

Ik stampte Sols kamer in, om niet meer naar die verbijsterende vrouwelijke onzin te hoeven luisteren. Sol was deze keer

Hemingway aan het lezen, *The Old Man and the Sea*. Hij hield het boek omhoog, zodat ik mijn mening erover kon geven, maar voordat ik iets kon zeggen zei hij: 'Ah, meneer Ahum. Wat leuk je te zien, en dat op een vrijdagavond. Kom je me een extra literatuurles geven? Of heb je misschien behoefte aan wat advies op pokergebied?'

Toen zag hij Laurie achter me en er verscheen een reusachtige grijns op zijn gezicht. Het was alsof een vriendelijke, bodysnatchende alien hem had ontvoerd en zijn plaats had ingenomen. Ik was bang dat die dunne lippen zouden barsten door de ongebruikelijke spanning, maar ze hielden het. 'O, en je hebt een vriendinnetje meegenomen. Zo noemen de jongemannen hun jongedames tegenwoordig, is het niet?'

Laurie straalde meteen terug naar hem. Had ze überhaupt ÉÉN WOORD van mijn advies gehoord? 'Hallo meneer Lewis. Ik ben Laurie. Ik ben zo blij u te ontmoeten. Alex heeft het heel vaak over u.'

Holy Mozes. Dit begon op een misselijkmakende liefdesscène te lijken.

'Praat hij over *mij*? Wanneer hij jou in die mooie ogen kijkt, zou hij het niet over *mij* moeten hebben.'

Bij nader inzien zou Sol waarschijnlijk heel binnenkort Lauries beruchte Anti-Seksistische Doodsblik over zich afroepen, en dan konden we maar beter allemaal dekking zoeken.

'Hou op, meneer Lewis. Alex en ik zijn gewoon goeie vrienden.'

'Als ik zie hoe hij naar je kijkt, moet ik hem wel jouw man gaan noemen.'

'Vriend, meneer Lewis. V-r-i-e-n-d. Vvvrrriiieeennnddd.'

'Man. Laurie, lieverd, geloof mij nou maar. Man.'

'Vriend, makker, buddy. U weet wel, zoals maatje? Vriend.'

'Man.'

'Vriend.'

Nu zijn we aanbeland bij het punt waar we een paar bladzijden geleden waren begonnen. Dit was toch niet te geloven. Laurie en Sol zaten elkaar uit te dagen, of te sparren, te flirten of wat dan ook. Niet dat het mij iets uitmaakte, behalve dan dat ik het eng vond. Want we waren toch gewoon vrienden? En wat bedoelde Sol eigenlijk precies met hoe ik naar haar keek?

Ho nou. Die man was oud, een mopperkont en op zijn minst half gestoord. Waarom zat ik hier eigenlijk over na te denken? Ik moest even mijn hoofd leegmaken.

'Sol, aangezien jij en mijn vrouw het allemaal zo goed weten, ga ik maar even bij de zusterpost zitten om mijn urenbriefje in te vullen, oké?' Zonder zijn blik van Laurie af te wenden, wuifde hij met zijn hand bij wijze van goedkeuring.

Ik liep de gang op en probeerde net te doen alsof ik het samenzweerderige gelach achter mij niet hoorde, en ging bij de post aan het bureau zitten. Claudelle was er ook, ze zat koffie te drinken. Ze begon te praten over haar kinderen, de gezondheidsproblemen van haar man en haar pijnlijke voeten, en ik luisterde lange tijd naar haar – ze was best een interessante vrouw als ze me niet zat te sarren. Bovendien kon ik haar geklets beter verdragen dan de tweekoppige, op hol geslagen goederentrein van Sol en Laurie. Maar na een tijdje slaakte Claudelle een diepe zucht en ging langzaam weer op haar zere pootjes staan. Als zij weer in actie kwam, moest ik dat ook maar doen, dacht ik.

Terug in de kamer trof ik een schokkend tafereel aan. Sol zat in zijn stoel, en Laurie was de kussens op zijn bed aan het opschudden. 'Laurie, snoes, je bent misschien mooier dan Alex, maar als hij mijn bed opmaakt, vouwt hij de lakens altijd op de ziekenhuismanier. Losse lakens vind ik nou niet bepaald comfortabel. En dit water is te warm. Alex haalt altijd ijs voor me op de vierde.'

'Maar meneer Lewis, ik doe deze dingen eigenlijk...'

Laurie draaide zich om en onderbrak me. 'Maak jij zijn bed nooit op?'

'Nee, de verpleeghulpen doen dat.'

'Jij schudt ook nooit zijn kussens op?'

'Nee.'

'Maar je haalt wel water voor hem, toch?'

'Neuh.'

Laurie keek beurtelings van mij naar Sol, die een inmiddels bekende blik op zijn gezicht had.

'Ik vermoed dat jij dus ook nooit zijn, eh, voeten masseert?'

Sol barstte eindelijk los met zijn bulderende basstem: '*Got-cha!*'

Ik had nog zo gezegd dat ze niet aardig tegen hem moest zijn, maar het is wel duidelijk dat vrouwen nooit luisteren naar hun man.

SOL RAAKT GEÏNTERESSEERD

De week daarna was ik te laat bij Sol omdat ik na schooltijd moest repeteren met de jazzband. We waren een nieuw nummer aan het instuderen, 'Jumpin' with Symphony Sid', en ik zat daar enorm mee te worstelen. De accenten vielen op de meest onverwachte plekken en ik raakte de geaccentueerde noten steeds op de verkeerde tel. Had ik eindelijk de timing onder controle, dan lette ik nergens anders meer op, waardoor ik ineens in de verkeerde toonsoort speelde. Onze orkestleider, meneer Watras, liet de band dan stoppen en probeerde me weer bij te sturen, wat nogal gênant was. Tijdens de repetitie heb ik het nummer niet één keer goed gespeeld, maar meneer Watras zal zich wel hebben neergelegd bij mijn spastische ritme en hinderlijke foute noten.

Hoe dan ook, daarom was ik dus te laat. En Sol was niet in zijn kamer. Juanita Case had dienst bij de zusterpost. Ze leek er een beetje van te balen dat ze de geweldige avond met Laurie had gemist. Toen Sol het verhaal had verteld, had het personeel daar vele uren lol om gehad. Dat ze er niet live bij was geweest, weerhield haar er echter niet van om me ermee te pesten.

'En hoe gaat het met het dienstmeisje van Vrouw Holle? Komt ze snel weer eens langs? Sols kussens liggen er wat slapjes bij.'

'O, nee hè, nu even niet, mevrouw Case. Ik ben net een uur lang publiekelijk vernederd bij de jazzband op school en nu moet ik ook nog naar Sol. Ik zit bijna aan mijn taks voor vandaag.'

'Langzamer,' mompelde Sol. Dus speelde ik langzamer. Halverwege het nummer keek ik op en zag dat hij zijn ogen dicht had. Zijn gezicht zag er bijna vredig uit, en ik had hem nog nooit zo rustig horen ademen als nu. Ik had blijkbaar indruk op hem gemaakt – of hem in coma gebracht. Het laatste refrein speelde ik harder en ritmischer en Sols vingers bewogen langs elkaar in een onhoorbare vingerknip. Hij zat met zijn hoofd wel degelijk bij wat ik speelde, wat cool was, maar ook eng.

Toen ik stopte, en het laatste dominantseptiemakkoord nog na-ijlde als het gebeier van een kerkklok in een trieste droom, deed Sol zijn ogen open en keek me aan. Ik kon helemaal niets aflezen uit de uitdrukking op zijn gezicht. Vond hij het mooi? Vond hij dat ik goed had gespeeld? Zou hij echt zijn kritiek achterwege laten?

'Meer,' fluisterde hij hees. 'Meer.'

Ik kon het niet geloven. Ik had iets gevonden waarmee ik hem een plezier kon doen.

En waar ik ook keek, er lag nergens een 'Gotcha' op de loer.

22 november

Geachte rechter Trent,

Vandaag heb ik u voor het eerst positief nieuws te melden. Zoals u zich wellicht herinnert van de hoorzitting, speel ik gitaar en ben ik lid van onze schooljazzband. Deze week vroeg meneer Lewis of ik gitaar voor hem wilde spelen. Dat heb ik gedaan en hij leek mijn spel te waarderen. Toen ik die dag bij hem wegging, zei meneer Lewis zelfs tegen me: 'Als je ooit de behoefte voelt om vaker te oefenen voor een oud en weerloos iemand, dan ben je welkom. Ik kom toch mijn bed niet uit.' Dit is het aardigste dat hij tot nu toe tegen me heeft gezegd.

Ik zie nog steeds niet wat ik hiervan zou moeten leren of wat een ander in dit opzicht van mij zou kunnen leren, maar als ik

EEN HALF ANTWOORD

In december vroor het dat het kraakte. Mijn moeder had eindelijk mijn huisarrest opgeheven, zodat ik kerstcadeautjes voor haar kon gaan kopen, maar ik zat eigenlijk het grootste deel van mijn tijd beneden om mijn jazzdeuntjes voor Sol in te studeren. Ik had zelfs een kleine versterker gekocht, niet groter dan een walkman, zodat ik tijdens mijn bezoekjes aan hem iets meer geluid kon produceren, ook al had ik met deze uitgave van dertig dollar zes uur aan mijn taakstraf in het tehuis toegevoegd. Twee keer per week sleepte ik mijn Tele en de miniversterker mee de bus in en naar Sols kamer.

Op een dag vroeg Sol toen ik binnenliep: 'Waar is je kleine vrouwtje, die Laurie?'

'We zijn vrienden, Sol.'

'Mijn grootmoeder had daar een spreekwoord voor. "*A halber entfer zogt oichet epes*", wat betekent: "Een half antwoord zegt ook iets!"'

'Dat zal best. Zal ik je iets nieuws laten horen, speciaal voor jou ingestudeerd?'

'Ah, speciaal voor mij? Dus niet voor je geweldige internationale publiek?'

'Hah hah. Wil je het horen of niet?'

'Wie zegt dat ik het niet wil horen? Ik zit hier toch? Wat ben jij toch gevoelig, Alex. Je moet echt wat steviger worden, anders ga jij het nog moeilijk krijgen in deze wereld.'

'Ik ben niet gevoelig Sol. Je moest eens weten hoe sterk ik ben.'

'Wou je beweren dat *jij* er ook maar enig idee van hebt hoe sterk je bent? Wat weet jij er eigenlijk van, met dat luizenleven dat jullie tegenwoordig leiden? Sterk, m'n achterwerk!'

'Hoe dan ook, ik ga nu spelen, Sol.' En ik speelde een stuk dat ik in de map van de jazzband op school had gevonden. Ik wilde iets spelen dat Sol zou herkennen als iets wat speciaal voor hem was, en daarom had ik een medley gekozen uit de musical *Fiddler on the Roof*. Het verhaal gaat over een joodse man ergens in Europa, wiens dochter wil trouwen met een niet-joodse man. Ik dacht hij het misschien wel leuk zou vinden om een keer iets anders te horen, en wie weet had hij er wel iets mee. Ik had echt mijn best gedaan op het stuk, want de muziek van school was alleen voor piano, en het is niet makkelijk om pianomuziek te bewerken voor de gitaar. Ik denk dat ik sinds de tijd dat mijn vader nog thuis woonde nooit meer zoveel moeite ergens voor had gedaan.

De medley begint met een grappig lied dat 'Tradition' heet. Het is echt een 'hoempa-hoempa-nummer' en het gaat lekker snel. Daarna volgt 'Matchmaker, Matchmaker', het makkelijkste deel, een snelle wals met een eenvoudige melodielijn. Daarna komt er nog een 'hoempa-stuk' dat 'To Life' heet. Dit is de vertaling van *L'Chaim*, Hebreeuws voor 'proost'. Ik was er wel trots op dat ik dit wist (Sol zei het altijd vlak voor hij zijn pillen innam). Maar goed, vervolgens krijgen we 'Sunrise, Sunset.' In dit lied bezingt de vader zijn ongeloof over het feit dat zijn dochter oud genoeg is om het huis uit te gaan en te gaan trouwen. Het is een bitterzoete wals en hij klonk heel aardig, tenminste op die momenten waarop mijn vingers niet in de knoop raakten bij de grote sprongen die ze moesten maken om het akkoordenschema te kunnen volgen. En dat gebeurde bijna de helft van de tijd, maar kom op, ik deed m'n best.

Ik begon dus te spelen. Iedereen kent wel zo'n scène uit een Disney-film of zo: zodra de prinses begint te zingen, komen er van alle kanten vogels, bijen en herten samengestroomd om mee te luisteren. Hier gebeurde iets soortgelijks, alleen hadden de vogels, de bijen en de herten looprekken, pruiken en hoorapparaten. De bewoners kwamen binnen. Zusters liepen binnen. Mevrouw Goldfarb kwam zelfs bijna binnen, maar die durfde niet verder dan de drempel te komen, dus bleef ze tegen de deurpost geleund staan.

'Tradition' danste onder mijn vingers vandaan. 'Matchmaker, Matchmaker' was misschien een tikje te langzaam, maar toen ik naar Sol keek, knikte hij in de maat alsof hij mij met zijn angstaanjagende wenkbrauw dirigeerde. 'To Life' ging geweldig, ik had het stukje met het zigeunerachtige ritme lekker in mijn vingers. Ten slotte kwam de overgang naar het rustige 'Sunrise, Sunset'.

Zo'n beetje bij de vierde noot van de eerste zin (*'Is this the little girl I carried?'*) keek ik toevallig weer naar Sol en door wat ik toen zag, struikelden en buitelden mijn vingers over elkaar heen als in een slapstick, alsof Laurel en Hardy met mijn vingers aan de haal waren gegaan. Zijn hoofd hing op zijn borst en het leek alsof hij zachtjes zat te huilen. Ik ploeterde door de rest van het lied en alle verzamelde oudjes klapten, maar tegen het eind wilde ik alleen nog maar weten wat er met Sol aan de hand was. Zodra iedereen wegging, liep ik naar het bed.

'Sol, gaat het?'

Geen antwoord.

'Sol? Meneer Lewis?'

Hij negeerde me net zo lang tot het getik van de laatste wandelstok in de gang was weggestorven. Toen keek hij op. Zijn ogen stonden vol tranen en waren bloeddoorlopen. 'Niks aan de hand, Alex. Wat? Mag een man misschien even ontroerd raken door een stukje muziek?'

'Maar ik wilde je niet verdrietig maken. Dit was bedoeld als jouw cadeau voor Chanoeka.'

'Alex, Alex, ik ben niet verdrietig. Je hebt me een heel mooi cadeau gegeven. Nieuwe sokken heb ik niet nodig. Een trui uit het winkelcentrum hoef ik niet. Muziek, daar houd ik van. En je hebt goed gespeeld vandaag.'

'Vond je?'

'Zit niet naar een compliment te vissen, *boychik*, dat hoort niet. Ik zeg niet dat je meteen je baan moet opzeggen om naar Broadway te vertrekken, maar je bent goed bezig.'

Hij keek naar me zonder een woord te zeggen, terwijl ik mijn gitaar inpakte, en ik vroeg me af waarom dat nummer hem zo geraakt had. Omdat ik daarnet zoveel succes bij hem had gehad met mijn musicalmuziek, durfde ik het hem wel te vragen: 'Sol, was er iets met dat *Sunrise*-lied dat jou dwarszat?'

Hij glimlachte met een strak gezicht, zonder zijn tanden te laten zien. 'Alleen dat deel waar je uit de maat ging en alle noten verkeerd speelde vond ik iets minder. Verder was het prima.'

Vlak voordat hij me de deur uit schopte voor vandaag, gebruikte ik een spreekwoord dat ik net had geleerd: 'Een half antwoord zegt ook iets!'

PREPTIGE FEESTDAGEN

De kerstvakantie beloofde een deprimerende aangelegenheid te worden. Ik nam me voor om de oude man elke dag op te zoeken, zodat ik flink wat uren kon maken, al was dit nou niet bepaald een garantie voor dolle pret. Bovendien was Laurie tot de jaarwisseling bij haar moeder in New York en draaide mijn moeder dubbele diensten in het tehuis zodat 'andere mensen tijdens de feestdagen bij hun gezin kunnen zijn'.

En wat was ik dan wel, haar hond? Haar goudvis misschien? Een zeer, zeer, zeer ondergekwalificeerde chauffeur?

Natuurlijk vormde mijn moeder niet mijn hele gezin. En de ontbrekende derde van ons kleine trio zat op een dag op de stoep van ons portiek, toen ik thuiskwam na een dag in het tehuis.

Pa zag er moe en een beetje oud uit. Ik stopte zo'n drie meter van hem vandaan en vroeg me af hoe lang hij daar al had gezeten in de vrieskou, met alleen een colbertje aan om hem warm te houden, zijn dure puntschoenen bedekt met een laagje opgewaaide sneeuw. Hij is zoiets als *junior vicepresident* bij de bank in onze stad, en hij gaat altijd superstrak gekleed, zelfs na werktijd. Maar voor zover ik me kan herinneren had ik hem nooit eerder met een stoppelbaard gezien.

'Hoi Alex.'

'Uh, hoi pa.'

'Tijd geleden. Ik heb je een paar keer gebeld, wist je dat?'

'Ja, ik heb het echt heel druk gehad met mijn taakstraf en school, en de toetsen komen er weer aan. Ik wilde je nog terugbellen, maar...'

'En ik heb je gemaild.'

'Ja, die stomme mailserver van mij had weer eens kuren.'

'Ah, dat verklaart dan misschien waarom je al mijn berichten hebt geblokkeerd. Wat een opluchting. Ik dacht dat je boos op me was.' Sjonge, het is echt een wonder dat ik nog niet krankzinnig ben geworden door zoveel sarcasme om me heen: van mijn moeder, mijn vader, van Laurie en Sol. 'Hoe dan ook, ik kwam eigenlijk langs om je nog even te zien voordat... voordat... nou, ik ga voor een tijdje de stad uit.'

'Wat bedoel je, de stad uit?'

'Ik heb een baan aangenomen in Philadelphia. Ik moet daar op 15 januari beginnen.'

'Maar dat is wel anderhalf uur hiervandaan! Het is helemaal in een andere staat.'

'Weet ik. Daarom zeg ik ook "de stad uit".'

'Gaat het gezinnen vernielende mens ook mee?'

'Je bedoelt Sandy?'

'Uh ja, mevrouw Simonsen, mijn juf uit de derde, die ervoor heeft gezorgd dat jij en ma uit elkaar gingen.'

'Zij heeft niet – ach laat ook maar, Alex. Het is allemaal niet zo simpel als het misschien lijkt. Nee, ze gaat niet mee. We zijn sinds een paar weken uit elkaar. Ook dat had ik je willen vertellen toen ik belde.'

'Maar waarom ga je verhuizen?'

'Ik heb verandering nodig, Alex. Ik moet echt even weg van alles.' Hij maakte een weids gebaar dat alles omvatte – inclusief zijn enige zoon.

'O, fijn om te weten. Dus toen je mam en mij in de steek liet, had je nog niet genoeg verandering, hè?'

'Luister Alex, ik ben hier niet naartoe gekomen om ruzie te maken, maar op dit punt heb je echt ongelijk. Ik heb jouw moeder niet "in de steek gelaten", zij heeft mij eruit geschopt. Zoals ik al zei, is het allemaal niet zo eenvoudig. Mensen zijn gecompliceerd en tegenstrijdig.'

'Heeft ma *jou* eruit gezet? Ik geloof er niks van.'

'Ik wil eigenlijk geen negatieve dingen zeggen over je moeder, maar het is wel zo.'

'Waarom?'

'Daar gaat het nou niet om, Alex. Waar het om gaat, is dat ik je vader probeer te zijn, maar dat jij me niet de kans geeft.'

'Jij probeert mijn vader te zijn door naar een andere staat te verhuizen? Wauw, bedankt voor je steun.'

'Zo zit het niet, Alex. Luister, weet je nog toen Wink doodging?'

Wink was onze kat. Toen ik vijf jaar was, is hij de straat op gerend en onder een auto gekomen omdat ik de voordeur open had laten staan. Mijn ouders hadden de waarheid wekenlang voor mij verborgen gehouden. 'Jawel. Je wilt me toch niet wijsmaken dat hij alleen maar naar Philadelphia is verhuisd?'

Pa moest bijna lachen en leek plotseling heel erg op mijn oude pa, mijn honkbal-coachende, voor-het-slapen-gaan-armpje-drukkende, lange-wandelingen-naar-de-schildpadden-in-het-park-makende pa. 'Nee, ik zeg alleen maar dat ouders hun kinderen soms proberen te beschermen tegen de harde werkelijkheid. Ma zal je nog wel een keer vertellen waarom ze me het huis uit heeft gezet. Maar dat is iets tussen jou en haar.'

Ma's auto draaide de straat in en mijn vader sprong op van de besneeuwde stoep. 'Ik moet weg, joh. Zijn we vrienden?'

'Ik weet het niet, pa. Ik bel je. Doet je telefoon het nog?'

'Mijn mobiele wel.'

Hij worstelde even met de ijskoude autosleutels in zijn bevroren handen, maar kreeg toch net op tijd het portier van zijn snelle kleine midlifecrisisbolide open, voordat ma kon stoppen om ruzie te gaan maken. Hij woelde door mijn haar, iets wat hij al jaren niet meer had gedaan, sprong in de auto en zoefde weg.

Als hij de waarheid had verteld over de scheiding, dan was hij dus niet de boosdoener. Maar wie dan wel?

Ma kwam naar me toe. 'Wat moest-ie?'
'Philadelphia, ma.'
'Philadelphia de stad?'
'Nee, de roomkaas, nou goed?'
Moeilijke familie.

* * *

Het was drie dagen na kerst toen ik weer naar Sol ging, op de eerste avond van Chanoeka. Ik had dit keer geen speciaal nummer voor hem ingestudeerd, dus kocht ik onderweg een boek over de geschiedenis van de jazz voor Sol. Hij zat in zijn stoel te staren naar een enorme vaas witte bloemen die op zijn nachtkastje stond. Er zat een blauw met witte strik omheen. Sol had een doorzichtig slangetje rond zijn hoofd, dat vlak onder zijn neus was vastgeplakt. De slang maakte een constant sissend geluid, waardoor hij me pas hoorde toen ik vlak voor hem stond. Hij zag er zwak uit en knikte alleen maar naar me. Zelfs dat leek hem veel moeite te kosten.

Ik besloot dat hij zelf wel zou vertellen wat er aan de hand was als hij daar zin in had, dus ik deed alsof alles normaal was.

'Sol, hoe gaat het? Gelukkig Chanoeka.'

Hij mompelde 'Gelukkig Chanoeka. Waar is – HIE-ha – je gitaar?'

'Die heb ik vandaag niet bij me, maar ik heb een boek voor je gekocht, over jazz. Het heet *Monk* en het gaat over een fantastische, maffe pianist die Thelonious Monk heette. Heb je ooit van hem gehoord?'

Sols antwoord klonk zo ongeveer als 'ik heb hem gekend.'

Maar wat hij precies zei, verstond ik niet, en omdat ik hem niet meer wilde laten praten dan nodig was, knikte ik maar. 'Mooie bloemen. Van wie heb je die gekregen?' Het was nooit in me opgekomen dat Sol misschien nog ander bezoek kreeg.

'Ik heb ze zelf gekocht. Claudelle is... met me... naar de winkel geweest. Op... haar vrije dag. Voor mijn... dochter... Judy. HIE-ha! Ze is een beroemde advocaat. Heel slim. Heel... druk.'

'Ze zijn prachtig. Ze zal er vast heel blij mee zijn.'

'Ja. Heh. Ze... was altijd... dol op bloemen. Haar moeder ook, altijd met bloemen bezig. HIE-ha. "Sol, heb je bloemen voor me meegebracht? Sol, zullen we... een tuin... aanleggen? Sol, die zijn SCHITTEREND! Net over hun – HIE-ha – hoogtepunt heen misschien, maar... mooi."'

Hij moest even op adem komen en zich losmaken uit zijn herinneringen. Ik praatte over zijn moeizame ademhaling heen. 'Gaat het wel? Zal ik iets voor je halen?'

'Ziet dit eruit alsof het goed gaat? HIE-ha!'

'Nou ja, ik bedoel... wat is er gebeurd?'

'Niks. Ik was met... Claudelle... naar de winkel. Wat een goeie meid is dat toch. Hart van goud. Maar goed... het was te ver voor mij. Dus nu... heb ik... wat extra hulp nodig bij het ademhalen. Dat is alles.'

'Kunnen ze nog iets doen om je toestand te verbeteren?'

'Nou, ze geven me...' Hij raakte de slang rond zijn gezicht aan. 'Zuurstof. En ademtherapie. En pillen, vraag me niet welke. HIE-ha.'

'En helpt dat?'

'Zolang ik niet dood ben, werkt het blijkbaar. Als ik doodga, dan weet je – HIE-ha – dat het misschien toch niet zo heel goed heeft geholpen.'

Ik had hem nooit eerder naar zijn gezondheid gevraagd, en dit moment was niet beter of slechter dan elk ander moment. 'Toen ik hier begon, hebben ze me verteld dat je longemfyseem hebt. Hoe lang heb je dat al?'

'Miljoen jaar. Ik weet het niet... *boychik*. Te... lang.'

'Hoe heb je het gekregen?'

'Het is heel raar, Alex. Je rookt één, twee miljoen – HIE-ha – sigaretten zonder dat er iets... aan de hand is. Maar op een dag neem je één… trekje… van nummer twee miljoen één en dan lig je plotseling – HIE-HIE-ha – in het ziekenhuis. Rook jij?'

'Nee.'

'Goed zo. Niet aan beginnen, want dan moet ik overeind komen en je… een *klop* voor je *toeches* geven.'

Hij keek me vermoeid aan. Ik had nooit gedacht dat ogen zó moe konden kijken. 'De les is voorbij. De school – HIE-ha – gaat uit. En nou wegwezen, zodat deze… oude man… rustig kan lezen.'

Ik stopte even bij de zusterpost, waar Claudelle met Leonora zat te praten. 'Ze komt nooit. Elk jaar kopen we die *verdomde* bloemen voor haar, maar ze komt nooit. En nu zit haar pappie daar met al die slangen om zich heen.'

'Ik hoorde dat de ambulancemedewerkers hem bijna moesten intuberen.'

'Schei uit. Ze moesten hem bijna reanimeren, midden in gangpad vijf van de Kmart. Het leek wel of hij Code Blauw had. Maar hij heeft zijn bloemen voor Judy, de fantastische advocaat.'

'Triest eigenlijk. Ik vind hem echt bijna een aardige man, soms.'

'Dat zie je niet helemaal goed, Leo. Soms is hij aardig en soms is hij bijna een man!'

Ze lachten een beetje en hielden hun mond toen ze zich naar mij omdraaiden. Claudelle zei: 'Hoe gaat-ie vandaag met je, Alex?'

'Gaat hij dood?'

'Niet vandaag, kind. Niet vandaag. Hij is een ouwe taaie, dus maak je maar geen zorgen. Je krijgt die honderd uur echt wel vol voordat het afgelopen is.'

Ik werd kwaad. 'DAAROM vroeg ik het niet.'

'Sorry, schat. Dat weet ik. Sol zal over een dag of twee wel weer in orde zijn, als hij tenminste niet weer longontsteking krijgt, zoals mevrouw Johnson afgelopen voorjaar.'

'Wie is mevrouw Johnson? Ik geloof niet dat ik die hier al eerder heb gezien.'

De beide vrouwen keken me uitdrukkingloos aan, tot ik besefte dat ik mevrouw Johnson hier NOOIT zou zien. Ik moest hier weg. Ik mompelde iets over een bus die ik moest halen en rende naar de lift alsof ik een zinkend schip verliet, althans voor een paar dagen. Niet dat ik de uren had zitten aftellen, zoals Claudelle had gesuggereerd, maar ik had nog vierenveertig uur te gaan bij meneer Lewis.

27 december

Geachte rechter Trent,

Even een brief met mijn update voor december. Het was een zware maand, maar ik geloof dat ik wel iets heb geleerd: je kunt mensen niet zomaar uit je leven bannen als ze je niet bevallen. Meneer Lewis heeft ergens een dochter die advocaat is, en ieder jaar koopt hij bloemen voor haar, voor Chanoeka. Hij zet ze op zijn nachtkastje en wacht en wacht tot zijn dochter langskomt om ze op te halen. Maar ze komt nooit. Misschien is hij wel zo humeurig omdat zijn dochter niet van hem houdt. Ik begin trouwens wel te wennen aan zijn gemopper. Vandaag dreigde hij me een klop voor mijn toeches te geven. Ik heb het opgezocht en weet inmiddels dat hij het over een schop voor mijn kont had. Maar hij zei het wel op een aardige manier.

Ik weet dat ik op de helft ben van de opgedragen uren van mijn taakstraf, en een paar weken geleden zat ik de dagen nog vrolijk af te vinken. Maar zou ik dit baantje na die honderd uur misschien kunnen houden, als ik dat zou willen? Ik denk dat meneer Lewis mijn gezelschap beter kan gebruiken dan ik de vrije tijd, vooral omdat ik geen rijbewijs heb en ons gezin toch uit elkaar valt.

Hoogachtend,

Alex Gregory

HET JAAR NADERT ZIJN EINDE

Op oudejaarsdag ging er van alles mis. Waarom weet ik niet, want ik was in een goed humeur toen ik opstond. Ik was van plan om die dag een paar uur gitaar te spelen, en na de lunch zou ik misschien even bij Sol langsgaan. Mijn moeder had die avond een afspraakje (het tweede op rij), en Laurie zou bij mij komen voor een slaapfeestje voor losers. Toen ik in de keuken kwam, zette ik een grote pot koffie en pakte ma's lievelingsmok. Het was de mok die ik haar in groep drie voor Moederdag had gegeven, met een tekening erop van drie Ninja Turtles onder een boom met een enorm machinegeweer. Toen ik nog klein was, maakte ik wel eens koffie voor mijn beide ouders en soms bracht ik die dan bij hen op bed. Dan gingen ze rechtop zitten en klom ik tussen hen in met mijn eigen speciale 'koffiedrankje', dat eigenlijk niet meer was dan warme melk met suiker. We zaten lekker tegen elkaar aan, deden kietelspelletjes en hadden urenlang de grootste lol – althans, toen leken het uren. En hoe warm mijn voeten ook werden onder de dekens en in mijn pyjama met voetjes eraan, ik wilde nooit als eerste het bed uit. Op de een of andere manier kwam die eer altijd toe aan mijn vader.

Oké, genoeg sentimentele verhalen. Ik had het gevoel dat mijn moeders date de avond daarvoor niet echt ultra-cool was geweest, want ze was om iets van negen uur binnen komen stampen en zonder een woord tegen me te zeggen naar bed gegaan. Dus daarom had ik die pot koffie voor haar gezet, vanwege die goeie ouwe tijd, of om haar op te vrolijken, of misschien wel omdat ik een veel fijnere zoon ben dan je tot nu toe had gedacht. Toen ze beneden kwam, stonden alle seinen voor een depressieve moeder duidelijk op onveilig: gezwollen oogleden, de oude badstoffen kamerjas, en zelfs de gevreesde krulspelden. Hier stond een vrouw die de cafeïne misschien maar moest overslaan en beter meteen met elektroshocktherapie kon beginnen.

Maar omdat ik niet over doe-het-zelf-shockapparatuur-voor-moeders beschikte, schonk ik de mok vol en gaf hem aan haar. Ze zei: 'Zie ik er zo beroerd uit?'

'Nee hoor, mam. Ik had toch al koffie gemaakt, dus ik dacht: als jij nou eens lekker met je benen omhoog gaat zitten en even ontspant onder het genot van een kop koffie. En waarom zou je er beroerd uitzien?'

'O niks. Het komt wel goed.'

Niet: 'Het gaat goed', maar: 'Het KOMT wel goed', en dat is niet hetzelfde.

'Wil je erover praten?'

Ze keek me aan en snauwde: 'Wat? Moet ik tegenwoordig bij jou zijn voor mijn levensadvies? *Of all people?*'

Sodemieter. Daar zat ik niet op te wachten.

'Oké ma. Ik ga ervandoor. Fijne dag en een gelukkig Nieuwjaar!'

Misschien heeft ze nog: 'Wacht!' naar me geroepen en geprobeerd zich te verontschuldigen toen ik het huis uitliep, maar ik had mijn walkman op met een dreunende beat aan, en zag alleen een rare, enge vrouw in een kamerjas die op onze veranda met haar armen stond te zwaaien.

Ik ging naar het tehuis. Ik stierf van de honger, dus ik haalde wat snoep en een pak koekjes uit de automaat in de hal en propte het meeste naar binnen terwijl ik in de lift stond. Toen ik Sols kamer in kwam, zag hij er een stuk beter uit. Zijn zuurstofslang was verdwenen en hij liep te ijsberen. De witte bloemen waren ook weg.

'Goedemiddag meneer Ahum,' zei hij bijna vrolijk. 'Hoe

gaat het met je? Ik vond je boek leuk, al was Monk in het echt een stuk interessanter.'

Ik moest het vragen. 'Heb jij Thelonious Monk ontmoet?'

'Vele malen. Wat dacht je, dat ik hier ben geboren? Ik heb ooit een heel interessant leven gehad.'

'Daar twijfel ik geen moment aan.'

'Maar goed, heb je leuke feestdagen gehad, Alex?'

Sol probeerde dus weer het gespreksonderwerp te veranderen, en eigenlijk moest ik nu ingrijpen, maar ik had geen zin om een ruzie te riskeren. Uiteraard kregen we die toch, EN ik miste essentiële informatie waardoor alles anders had kunnen lopen.

'Prima.' We zaten geen van beiden op onze praatstoel.

'"Prima," zegt hij. Wat "prima"? Hoe gaat het ermee? Heb je leuke cadeautjes gekregen? Hoe gaat het met je ouders? En met je vrouwtje? Ik hoop dat je vanavond iets speciaals met haar gaat doen. Hé, misschien kunnen jullie vanavond samen even langskomen, voordat je met je jeugdige vrienden kattenkwaad gaat uithalen.'

Kattenkwaad uithalen met mijn jeugdige vrienden?

'Sol, we blijven gewoon thuis vanavond, bij mij thuis, als je het precies wilt weten.'

'Zonder chaperonne? Dan kunnen jullie maar beter hier komen. Kopje koffie, glaasje van 't een of 't ander, en dan zorg ik er wel voor dat jullie niks doen waar je later spijt van krijgt.'

'Sol, er gaat helemaal niks gebeuren tussen ons. We zijn gewoon vrienden. Mijn moeder vertrouwt ons, dus waarom jij niet?'

'Natuurlijk vertrouwt ze jullie. Zij is geen man. Zij weet niet hoe jij denkt. Ik weet echt nog wel hoe het is om met een mooi meisje samen te zijn... alleen... in het maanlicht. Maar doe vooral wat jou goeddunkt.'

'Oké Sol, ik begrijp waar je heen wilt. Ik ben een gestoorde, hormonale gek, en in mijn buurt is geen meisje veilig, zelfs als dat meisje een zeer gevorderde en dodelijke vechtsportbeoefenaar is, EN we gewoon vrienden zijn. Dus jij wilt graag dat we vanavond langskomen?'

'*Boychik*,' zei hij, terwijl hij vooroverboog om de zak drop uit mijn hand te pakken, 'ik dacht dat je het nooit zou vragen!'

Wauw, ik had de hele dag nog maar twee mensen gesproken: één die me afsnauwde omdat ik haar een kop koffie aanbood, en één die me zo manipuleerde dat ik mijn oudejaarsavond in het bejaardenhuis zou gaan doorbrengen. Heel even kwam de gedachte in me op dat ik misschien maar beter zonder tong geboren had kunnen worden.

Zeker nu ik aan Laurie moest opbiechten dat ik een extra wilde feestavond voor ons tweeën had geboekt.

Ik nam de bus naar Lauries huis. Ze zat in de keuken, met haar badjas aan en een mok koffie voor haar neus. Ik maakte bijna rechtsomkeert bij het zien van deze déjà-vu-scène, maar er was één verschil: in tegenstelling tot mijn moeder leek ze blij me te zien. Ik had plotseling de gruwelijke gedachte dat ze INDERDAAD erg mooi was. Toen ze me omhelsde, leek het alsof Sol een soort duivelse vloek over me had uitgesproken. De kijk-continu-naar-Laurie-vloek. Ik slaagde erin om deze gedachte weg te drukken toen we aan tafel gingen zitten, en weldra begon ik aan mijn samenvatting van de gruwelen van de afgelopen week. Ik kwam erachter dat Laurie ook niet echt een topweek had gehad in New York.

'Mijn vader is knetter.'

'Nee hoor, MIJN vader is knetter.'

'Nou, mijn MOEDER is knetter.'

'De mijne ook.'

'O ja? Wedden dat JOUW vader niet naar een andere staat vlucht om bij JOU uit de buurt te zijn, Laurie?'

'Ik weet zeker dat JOUW vader je niet van hoogverraad beschuldigt als je een paar dagen met je moeder op pad bent, Alex.'

'Ja, maar dat komt doordat mijn vader mij helemaal niet WIL.'

'Nou, mijn moeder wil mij niet, al ben ik wel gegaan en heb ik kerst met haar gevierd. En ze heeft me echt een prachtcadeau gegeven.' Laurie begon te huilen, wat tamelijk uitzonderlijk is voor haar.

'Wat dan?'

'Ze is zwanger.'

'Wacht, is ze daar niet een tikkeltje te oud voor?'

'Blijkbaar dacht die gast die ze via internet heeft ontmoet daar anders over.'

En dan denken de volwassenen dat WIJ samen niet te vertrouwen zijn.

Op de een of andere manier eindigden Laurie en ik in een iets te lange omhelzing, tot we plotseling allebei tegelijk terugdeinsden. Laurie vluchtte naar boven om te gaan douchen, en ik plofte op de bank en keek naar MTV, terwijl ik probeerde om niet te lang stil te staan bij de geur van haar haren. Het voelde zo goed en tegelijkertijd zo verkeerd om haar vast te houden. Ik wist dat dit een lange avond zou worden. En dan had ik Laurie nog niet eens verteld over het te gekke plan voor onze intergenerationele oudejaarsfestiviteiten. Toen ze weer beneden kwam en ik haar het nieuws vertelde, nam ze het gelukkig goed op. Tenminste, ik kreeg maar twee stompen en ze noemde me de 'Koning der Nerds'.

Na een paar uur snackinkopen te hebben gedaan voor de oudjes, gingen Laurie en ik bij mijn huis langs om haar logeertas te droppen. Ik had geen zin om mijn moeder onder ogen te komen, maar die bleek helemaal niet thuis te zijn. Er lag wel een briefje op tafel:

Hoi lieverd, het spijt me dat ik zo tegen je ben uitgevallen vanmorgen. Ik was een beetje van slag, zoals je wellicht hebt gemerkt, maar dat komt wel weer goed. Ik had je nog willen vertellen dat rechter Trent me heeft gebeld. Ze is zo onder de indruk van jouw vorderingen, dat ze heeft besloten dat je geen afspraak hoeft te maken met de reclasseringsambtenaar, als je haar maar wel eens in de zoveel weken blijft schrijven. Ik ben trots op je, ook al laat ik dat niet altijd merken.

Liefs,
Ma

PS — Ik ben vanavond op stap met mijn date. Voor middernacht hoef je niet op me te rekenen, maar je kunt me altijd mobiel bellen als je me nodig hebt. Ik weet zeker dat jij en Laurie je wel zullen redden. Gedraag je!
PS2 — Ik heb bagels en Philadelphia-roomkaas gekocht (hi hi) voor bij het ontbijt morgen. Ik zie ernaar uit om bij te praten met Laurie.

'Zie je wel?' zei Laurie. 'Jouw moeder houdt van je. En ze is tenminste niet bezig met een vervangingsbaby.'

Daar had ik geen antwoord op, dus gaf ik Laurie maar een onhandig klopje op haar arm. Ze liet haar tas op de bank vallen en we liepen naar buiten, de kou en de ondergaande zon in, onze armen vol chips, dipsauzen, kopjes, borden, snoep, kaas, crackers en zelfs wat knalspul voor Sol en consorten.

In het tehuis waren voor de gelegenheid wat zielige versiersels opgehangen, als aanvulling op de ultratrieste kerstboom van de week daarvoor, zo'n kunstding dat op een echte boom moet lijken, maar dan wel een zieke. Waarom kunnen ze nou niet gewoon een gezond ogende plastic boom ontwerpen? Er stond ook een sneue elektrische menora, zodat de joodse patiënten zich niet buitengesloten hoefden te voelen van de schreeuwerige, commerciële en goedkoop geproduceerde goede sfeer. En natuurlijk hadden ze er ook nog slingers en toeters aan toegevoegd, zodat die oudjes hun volgende jaar in gevangenschap feestelijk konden inluiden.

Ik denk dat ik een beetje in een rare stemming was. Maar Laurie is echt zo'n type dat een slechte bui op commando van zich af kan laten glijden, dus zij gaf zich meteen helemaal over aan de feestvreugde. Terwijl ik bij de zusterpost somber de glazen stond vol te schenken met helderblauw sap, haalde zij Sol uit bed om hem een knuffel te geven. Het was echt ongelofelijk: deze man kon een paar dagen geleden nog geen voet voor de andere zetten, en nu had ze hem binnen een paar seconden zover gekregen dat hij alle kamers langsging om iedereen uit te nodigen om naar de zusterpost te komen. Ze had zelfs een cd bij zich die Claudelle in de kleine gettoblaster moest stoppen. Ik weet niet waar ze hem vandaan had gehaald, maar het was *Christmas with the Ratpack*, met alleen maar kerstliedjes erop, gezongen door Frank Sinatra en zijn makkers. Sol danste bijna en de andere bewoners kwamen lachend hun kamer uit. En Laurie kreeg het voor elkaar dat mevrouw Goldfarb alsnog haar kamer uitkwam, nadat Sol haar even had wijsgemaakt dat ze geen broek aan had. Al heel snel was iedereen aan het knabbelen, drinken, en schuifelen op de maat van de muziek. Vraag me niet hoe, maar Laurie kreeg Sol en een paar anderen zelfs zover dat ze een feesthoedje op hun hoofd zetten – geen idee waar ze *die* had opgeduikeld.

Twee dingen moest zelfs ik toegeven:

- Laurie was hier echt goed in, en

- zo erg was het nou ook weer niet om op deze manier oudejaarsavond te vieren.

Ik begon zelf ook bijna vrolijk te worden. Tot Sols woedeuitbarsting.

Ik stond wat van die kleine kaas-met-ham-zoutjes weg te werken, toen Laurie tegen me zei: 'Weet je nog, toen jij vertelde over je taakstraf, leken die honderd uren echt oneindig. Kun je je voorstellen dat je nu al over de helft bent?'

Ik wilde net gaan vertellen over mijn plan om ook na die honderd uur in het tehuis te blijven werken, maar ik werd onderbroken door een hand op mijn schouder. De hand zat vast aan een boze Solomon Lewis. 'Ho eens even, Alex. Ben je geen vrijwilliger? Ben ik jouw vonnis? Ben ik jouw STRAF?'

'O jeetje, Sol. Ik dacht dat je dat wist. De kinderrechter heeft me hiernaartoe gestuurd om een taakstraf van honderd uur te vervullen, bij een patiënt van mijn moeders keuze. Ze heeft jou uitgekozen omdat we volgens haar goed bij elkaar passen.'

'Aha, dus ik ben een liefdadigheidsgeval, hè? Ik had nooit gedacht dat ik nog zou meemaken dat de staat mij als juk zou gebruiken om op de schouders van een ander te hangen.'

'Zo is het helemaal niet. Ze dachten dat ik iets van je kon leren, om te voorkomen dat ik... uh, je weet wel... nog een keer gearresteerd zou worden.'

'En waarom vonden ze het in vredesnaam nodig om een keurige jongen als jij te arresteren?'

'O, het stelde eigenlijk niks voor.'

'Niks? Wat voor soort niks? Door het rode licht lopen? Spijbelen om bij je liefje te kunnen zijn?'

'Nee, ik... ik ben dronken geworden en heb geprobeerd om met mijn moeders auto naar mijn vaders huis te rijden. Maar verder is er niks gebeurd, echt niet.'

'Niks gebeurd? Heb je niemand aangereden?'

'Nee, ik heb niemand aangereden. Nou ja, behalve dan een tuinkabouter.'

'Heb je een tuinkabouter aangereden? Dus je bent ergens een tuin in gereden?'

'Nou, ja, maar...

'En dat noem jij "niks gebeurd"? Je mag blij zijn dat je nog leeft, Alex. En je mag blij zijn dat je NIEMAND hebt aangereden. "Niks gebeurd", noemt hij dat. Je bent een nog grotere *mesjoggener* dan ik dacht.'

'Maar...'

'Uit mijn ogen, kleine crimineel. Ik mag dan oud zijn, en ziek ben ik ook, maar aan de goede daden van een achterlijke misdadiger die niet eens beseft hoe stom hij is, heb ik geen behoefte.'

Ik was stomverbaasd. Ik merkte nu pas dat de muziek was opgehouden en dat een kamer vol mensen me stond aan te staren. Laurie legde haar hand op mijn arm, maar ik schudde hem van me af en liep weg.

Het laatste dat ik hoorde, was Laurie die tegen Sol zei: 'Weet je, dat was niet eerlijk. Hij is echt niet zo slecht als jij...'

Toen sloten de liftdeuren zich achter mij en was ik op weg naar de hal. Ik ontdekte dat ik nog steeds een bordje met eten en een plastic beker met sap in mijn handen had. Echt iets voor mij om me van een oudejaarsfeestje te laten wegschreeuwen, in een verzorgingshuis nog wel, en op dramatische wijze het toneel te verlaten, zonder vriendinnetje, maar met de hapjes nog in mijn handen. Ach, waarom ook niet. Als ze je toch al de grootste stommeling op aarde vinden, kun je de brok in je keel net zo goed wegslikken met wat kaaszoutjes.

Toen ik thuiskwam knipperde het lampje van ons antwoordapparaat met een bericht van Laurie: 'Kom terug, Alex, het is alweer goed. Doe nou niet zo theatraal! Sol heeft er zelfs spijt van, hè Sol?'

Blijkbaar hield ze de telefoon in zijn richting, maar ik hoorde alleen een kuch en daarna, snel: 'Als je niet gauw terugkomt met die kleine gecrashte *toeches* van je, dan...' Toen hing Laurie ineens haastig op.

Geen sprake van dat ik terug zou gaan. Tegen de tijd dat ik helemaal naar de bus zou zijn gelopen, teruggereden was naar het tehuis en weer helemaal naar boven was gegaan, zouden al die oudjes allang bezig zijn om hun gebit uit te doen, hun pruik af te zetten en in bad te gaan. Het was voor iedereen beter als ik nu lekker ging douchen, mijn meest versleten sweater aan zou trekken en met wat popcorn uit de magnetron voor de tv zou gaan zitten en urenlang kijken naar mensen die wel een leven hadden en elkaar op tv een gelukkig Nieuwjaar wensten.

Maar na mijn l-a-n-g-e douche stond het antwoordapparaat driftig te knipperen. Ik drukte op PLAY met het gevoel van dreiging dat je kan overvallen als je net een karatemeester kwaad hebt gemaakt, die bovendien een sleutel van je huis blijkt te hebben. Zoals te verwachten viel, werden de berichten steeds grimmiger. Na het derde – 'Goed dan, slapjanus. Ik ben onderweg naar je huis en ik ben zodanig opgefokt dat ik straks boven op je spring en je hoofd als boksbal ga gebruiken' – drukte ik elf of twaalf keer op DELETE en wachtte op de invasie.

Die kwam toen ik me net op de bank had geïnstalleerd met een oude sprei om me heen, klaar om naar de MTV Beach Party Unplugged Cribs TRL New Year's Rockin' Eve Bash te gaan kijken. Ik hoorde het gerammel van sleutels, het geluid van de lichtschakelaar en voelde een vlaag koude lucht. Ik durfde niet te kijken, maar de bedrieglijk klein klinkende voetstappen kwamen mijn kant uit. Toen deed Laurie haar befaamde banksalto, en landde vlak voor me met haar voeten op mijn schoot. Ze keek me lang aan en bestudeerde mijn vochtige, weerbarstige haardos, de emmer popcorn die ik beschermend tegen mijn borst hield, en de tragische kleinejongensfrons die me al duizend keer – minimaal – van haar woede had gered, en graaide in de emmer. Met haar gezicht vlak voor het mijne zei ze smakkend (haar ogen spuwden nu geen vuur meer): 'Jij bent gewoon te zielig om te vermoorden. Geef me de afstandsbediening en snel een beetje. Voordat ik van gedachten verander.'

We hadden best een leuke avond als vrienden, zolang ik maar niet aan mijn moeder dacht die op stap was terwijl ik thuis zat, of aan Sol die me het tehuis uit had gejaagd, of de warmte van Lauries benen op de mijne. We keken naar de oudejaarsaftelshows en speelden tegelijkertijd monopoly, waarbij ik net deed of ik niet doorhad dat Laurie schaamteloos vals speelde – zelf had ze het over 'een vergissing van de bank in haar voordeel'. Ter compensatie leende zij me geld waarmee ik de eigendommen kon terugkopen die ik keer op keer was kwijtgeraakt. Kon ik maar één moment vergeten dat ze me gedurende het hele spel altijd negen stappen voor was, maar ach, je kunt niet alles hebben, toch? Toen er nog maar tien minuten van het oude jaar over waren, maakte Laurie eindelijk een einde aan het spel en gingen we in de keuken *egg creams* maken. Een *egg cream* is niet zo vet als het klinkt. Het is een typisch New Yorks drankje: eerst doe je chocolade- of vanillesiroop in een hoog glas. Daarna voeg je wat melk toe, je giet er snel spa rood bij en roert de zaak flink door met een lepel. Het resultaat is eigenlijk gewoon chocolade- (of vanille-)melk, maar dan opgepept tot een bruisend mixdrankje. Iedereen mag natuurlijk het zijne vinden van dit *egg cream*-concept, maar waar het om gaat, is dat Laurie en ik dit gemixte nachtdrankje al maken sinds het presidentschap van Bill Clinton, en als het aan ons ligt, gaan we er nog jaren mee door.

Tegen de tijd dat we klaar waren met schenken, gieten, bruisen, roeren, nippen en opruimen, was het 23:59 uur. We stonden heel, heel dicht bij elkaar in de woonkamer, en keken hoe op Times Square de jaarlijkse bal naar beneden kwam. Op het grote 'Gelukkig Nieuwjaar!-moment' proostten we en dronken. Toen veegde Laurie met haar vinger wat chocola van mijn lip, en gedurende de hele verplichte saxofoonserenade van het nummer 'Auld Lang Syne' keken we elkaar in de ogen. Op wat naar mijn idee hét uitgelezen, perfecte moment was, leunde ik naar voren, één wenkbrauw hoffelijk opgetrokken, en sprak met een lage, hese stem: 'Wat zou je denken van een nieuwjaarskus?' Ze lachte en zei: 'Dat had je gedroomd, makker,' en gaf me een harde stomp tegen mijn arm.

Dit resulteerde in een uitbarsting van kussengerelateerd geweld, waaraan pas een einde kwam toen ik met een machtige bovenhandse service net Lauries hoofd miste en per ongeluk onze twee *egg cream*-glazen aan diggelen gooide. Toen we het laatste glasscherfje uit het tapijt hadden gepulkt en hadden geprobeerd om met een handdoek de bruine, kleverige vlek weg te boenen, waren we allebei moe. Dus pakten we onze slaapzakken, werkten het hele tandenpoetsritueel af en gingen in de woonkamer liggen, tussen de tv en het rampgebied van met chocolade besmeurd tapijt. Toen ik bijna sliep, legde Laurie haar arm over me heen. Ze fluisterde: 'Weet je, Sol vindt je echt heel aardig, hoor. Trusten.' En ze rolde weer bij me vandaan. Ze viel in slaap zoals ze dat altijd doet, als een blok. Maar ik lag daar nog, half wakker, en probeerde het luide *tik tik tik* van de keukenklok en de herinnering aan Lauries arm op mijn schouder te negeren. En toen ging de deur open.

Ik deed mijn ogen niet open en dat was ook niet nodig. Mijn moeder heeft zo'n luide fluisterstem die mensen opzetten in een mislukte poging om zachtjes te doen, en ze stond bovendien maar een paar meter bij me vandaan. 'Sssssttt!' zei ze. 'Ze slapen.'

Toen antwoordde een mannenstem: 'Ik zie ze. Maar wat zit daar in godsnaam voor smerige vlek op het tapijt naast hen?'

Ik had ook een vraag: Wat deed mijn vader hier om twee uur 's nachts bij mijn moeder?

GELUKKIG NiEUWJAAR!

Oké, ik geef het toe: ik deed net alsof ik sliep, tot het geroe-zemoes van mijn ouders zich vermengde met de vreemde taal van mijn dromen. Toen ik wakker werd was het ochtend, en deed Laurie wanhopige pogingen om met grote hoeveelheden tapijtreiniger de chocoladeamoebe te lijf te gaan die inmiddels bijna de hele kamer leek te beslaan. 'Grappig,' merkte ik op. 'Die vlek leek gisteravond veel kleiner.'

'Nou, hij lijkt inmiddels op zo'n gigantische olievlek in Alaska. Ik heb het gevoel dat er elk moment een zwerm be-dreigde reigers onder de handdoek vandaan kan komen strom-pelen, om aan mijn voeten hun laatste adem uit te blazen.'

Kijk, dat was nou een mooi beeld om het laatste restje on-aangename gedachten over mijn ouders te doen vervagen.

Ik dook er meteen bovenop en hielp haar door overal nog meer blauwachtige smurrie op te spuiten. (Waarom hebben ALLE vloeibare schoonmaakmiddelen eigenlijk zo'n blauw-groene kleur? Zomaar een vraagje.) Niet lang daarna was zo ongeveer de hele vlek prachtig fluorescerend groenig-bruin-grijs, als je dat een kleur kunt noemen. En het rook naar wat je krijgt als je een emmer toiletverfrisser vermengt met een emmer gesmolten kersenbonbons. Net op dat moment kwam mijn moeder de trap af gestommeld, snoof eenmaal en maakte meteen rechtsomkeert, met haar hand voor haar mond. Ik had echter een sterk 'she'll be back'-gevoel.

Had ik dat even goed aangevoeld. Ongeveer tien minuten later, terwijl Laurie en ik koortsachtig zaten te brainstormen over ofwel een oplossing, ofwel een excuus, kwam ma weer naar beneden, met een slaperige pa in haar kielzog. Het was te laat om te verzinnen hoe we een kamervol tapijt het huis uit konden smokkelen, en we wensten nu alleen nog maar dat we ONSZELF het huis uit hadden gesmokkeld.

Aangezien ik degene was met de meest verfijnde sociale vaardigheden, brak ik het ijs. 'Hoi pap. Heeft iemand de stad Philadelphia naar onze bovenverdieping verplaatst zonder dat ik er iets van heb gemerkt?' Mijn ouders keken elkaar aan en het viel me op dat ze – jak! – elkaars hand vasthielden. Dit was een vrij ongebruikelijk tafereel, en dan druk ik me nog voorzichtig uit.

'Nou, we... ik bedoel, ik... je moeder... uh...'

'Oké pap. Bedankt voor je toelichting. Ma?'

'Kunnen we het hier straks over hebben, Alex? Na het ontbijt misschien? We hebben immers visite!'

Dat kun je wel zeggen, dacht ik. 'Goed ma, laten we maar gaan ontbijten.'

'Maar wacht eens, Alex. Wat is dat voor vlek op het tapijt?'

Ik glimlachte als een koorknaap. 'Vlek? O, je bedoelt dat kleine spatje, daar op de vloer? Dat zal ik je met alle plezier uitleggen nadat onze VISITE is vertrokken.'

Dus gingen we aan tafel voor een speciaal nieuwjaarsontbijt: bagels en koffie, overgoten met een sausje van gêne en ongemak, en weggespoeld met de hardnekkige geur van ontsmettingsmiddel en chocolade. Laurie schopte me onder tafel en rolde met haar ogen terwijl mijn ouders zaten te kletsen als twee mensen die niet net twaalf maanden en dertigduizend dollar lang met elkaar over straat en door het rechtssysteem hadden gerold. Ik masseerde mijn scheenbeen en trok rare bekken terug vanachter mijn koffiemok. Toen ze opstond om nog wat roomkaas te pakken, betrapte ik mezelf erop dat ik weer naar haar benen zat te kijken en ik besloot meteen wat mijn eerste goede voornemen was voor het nieuwe jaar: NIET

NAAR LAURIE KIJKEN! En dat hield ik zeker vijf minuten vol, terwijl mijn ouders hun goede voornemens volgens mij aan alle kanten met voeten hadden getreden. Maar goed. Laurie at snel en zei niets meer tot het tijd was om weg te gaan. Ze zei mijn ouders gedag: 'Dag mevrouw G. Dag meneer G. Ik moet naar de dojo om te trainen. Bedankt voor het ontbijt. Sorry van het tapijt!'

En daar ging ze, ze zag er vrolijk uit. Natuurlijk, zij had alle reden om zich goed te voelen. Zij ging naar haar karategedoe, puur voor haar plezier. Ik zou wel karate op mijn ouders willen toepassen, maar daar zou IK zeker geen plezier aan beleven. Bovendien zat ik nog met deze hele idiote situatie en de tapijtkwestie. 'Zeg mam, pap. Wat is er aan de hand?'

O nee. Pa zette zijn koffiemok neer en pakte de bovenkant van zijn neus vast met zijn duim en wijsvinger. Ma nam een flinke teug sinaasappelsap, duwde haar glas opzij en begon zenuwachtig haar haar uit haar gezicht te vegen. Deze signalen had ik een tijdje niet meer gezien, maar ik herkende ze direct en ik wist dat er een Goed Gesprek aan zat te komen. Zo ging het namelijk altijd: toen mijn opa voor de allerlaatste keer ziek werd, toen ik mijn peuterjuf vroeg waarom de goudvis op zijn rug dreef en toen met dat skateboard op het dak – pa grijpt naar zijn neus en ma doet haar haar naar achteren. En hoe langer en bedachtzamer ze dat doen, des te erger het gesprek dat gaat komen.

Dus toen pa ongeveer een halve minuut aan zijn neus had zitten frunniken, tot door de wrijving de blaren er bijna op stonden, en ma haar haar zo strak naar achteren had geduwd dat ze eruitzag alsof ze net een facelift had gehad, wist ik dat ik een zware dobber aan dit Goede Gesprek zou krijgen.

'Schat, weet je nog van gisterochtend, toen ik een beetje in de war was?'

'Uh, ma, weet jij nog van de film *Titanic*, toen het schip een brokje ijs raakte?'

84

'Oké, best, heel erg in de war dan. Dat kwam doordat je vader en ik een lange discussie hadden gehad over zijn verhuizing naar Philadelphia. We hadden afgesproken dat we gisteravond samen zouden gaan eten om erover door te praten. In de hoek van het restaurant zat zo'n jazztrio te spelen, en dat speelde toen het nummer van onze bruiloft. En van het een kwam toen het ander…'

'Zo kan-ie wel weer ma. Meer hoef ik niet te horen, ik heb net gegeten zeg. Dus jij wilt me vertellen dat pa die lui betaald heeft om dat nummer voor jou te spelen, en dat jij dat vervolgens hebt opgevat als een teken van God dat jullie weer bij elkaar moeten komen?'

'Zo ging het niet Alex. Toch, Simon?'

'Nou…'

Ma gebruikte dit moment om haar unieke stemmingswisselende vaardigheden te demonstreren: 'Wat? Heb je ze BETAALD om dat nummer te spelen? Was dit een VOOROPGEZETTE actie?'

O nee hè. Dit klonk weer akelig normaal.

'Ja Janet, dat klopt.'

Ma haalde diep adem en hield hem even in. Pa ook en ik voelde plotseling het koude zweet op mijn rug staan. Toen boog ma zich voorover en gaf pa een kneepje in zijn hand die op tafel lag. 'Dank je wel, Simon. Dat was echt heel lief van je!'

Wauw, een dubbele stemmingswisseling! Schiet mij maar lek. Misschien ging er in ons gezin wel NOOIT iets normaal.

Maar ma bleek toch onvermoeibaar in haar streven naar het normale: 'Oké Alex, even over die vlek…'

DE CHA-kiN9s kOMEN iN bEELD

Op 2 januari, een dinsdag, moesten we weer naar school. Voordat de lessen begonnen, sprak ik met Laurie over mijn probleem met Sol en plotseling kreeg ik een idee als een mokerslag. Of meer een mokerslag van een idee. Of zoiets. Het kwam plotseling en het was een briljant idee. Het gebeurde als volgt:

'Laurie,' zei ik, 'ik durf me vandaag nauwelijks meer te vertonen bij Sol. Hoe pak ik dat aan? Wat moet ik tegen hem zeggen?'

'Ik heb toch al gezegd dat hij niet boos op je is. Zo is hij gewoon, hij moet zo nu en dan wat stoom afblazen.'

'O ja, alsof jij ineens de grote Sol-deskundige bent, o voetwassende superengel.'

'Je hoeft echt niet boos op me te worden omdat jij toevallig onder valse voorwendselen bevriend bent geraakt met een oude man. Ik probeer je alleen maar uit te leggen dat het wel goed komt, meer niet.'

En toen kwam de mokerslag, op mijn rechterbovenarm, afkomstig van de honderdvijftig kilo zware, semivette rugbyspeler Bryan Gilson. 'Hé, Gazon Racer. Ik heb je gemist in de vakantie. Waarom was je niet op Jody Krasiloffs nieuwsjaarsfeestje? O, stom, dat was natuurlijk omdat je zo'n megaloser bent die voor de rest van zijn leven huisarrest heeft.'

Hij ging op de hoek van mijn tafeltje zitten, terwijl ik wanhopig probeerde om niet mijn arm te masseren op de plek waar hij op me had ingehakt.

'Ik ving net op dat je die ouwe vriend van je kwaad hebt gemaakt. Nu weet ik toevallig dat jij de gevangenis in moet als je je taakstraf niet tot een goed einde brengt, en omdat ik je sneue gezelschap zou missen in de klas, zal ik je een gratis advies geven.'

Laurie was niet het type om haar mond te houden. 'Gratis advies van jou? Jij bent nog maar amper – sinds vorige week of zo – in staat om je in hele zinnen uit te drukken, en nu heeft Alex JOUW wijsheid nodig? Trouwens, hij probeert UIT de problemen te blijven, nou niet bepaald jouw specialiteit. Waarom ga je geen indruk maken op je vrienden door al kauwgom kauwend hier weg te lopen?'

'Nee echt. Wat jij moet doen, sukkel, is die ouwe het gevoel geven dat hij speciaal is. Bijvoorbeeld door een cadeau voor hem mee te nemen. Het afgehakte hoofd van een tuinkabouter misschien?'

Ik fronste mijn wenkbrauwen en deed of ik er even over nadacht. En toen DACHT ik er daadwerkelijk even over na. En kreeg een fantastisch idee, net toen de bel ging voor de eerste les. Ik greep Bryans hand en schudde die uitbundig. 'DAT is het! Jij bent ECHT slimmer dan je gisteravond was, als ik je vriendin mag geloven! Bedankt Bryan, ik sta bij je in het krijt.'

Toen ik triomfantelijk wegrende, haalden Bryan en Laurie allebei tegelijk hun schouders op en vroegen zich af waar ik nou zo opgewonden over was. Het was alsof het elfje en de bizon heel even een intermenselijke klik hadden.

Het 'advies' van Bryan had me op een geweldig idee gebracht. Dit idee was perfect op ongeveer zeventien verschillende niveaus:

1. Ik zou indruk maken op de rechter met mijn overduidelijke onbaatzuchtigheid en persoonlijke groei.
2. Het plan zou tientallen oudjes entertainen en hun een leuke avond bezorgen.
3. Mijn moeder zou inzien dat er misschien toch een flintertje goedheid in mij school.

4. Het was een gelegenheid om gitaar te spelen.
5. Met dit plan zou ik Sol wel een uur de mond kunnen snoeren.

Nou ja, het was dus om vijf redenen een perfect plan. Maar wel vijf machtig goede redenen. Dit was het plan: ik zou een benefietjazzconcert organiseren in het tehuis, en de opbrengst zou gaan naar toekomstige culturele evenementen daar. Ik zou er mensen mee helpen en kon zelfs aan Sol bewijzen dat hij niet alleen mijn 'straf' was. Het was in alle opzichten een win-winsituatie. En ik wist precies welke mensen ik nodig had om het voor elkaar te krijgen.

De Cha-KINGS. Dat waren twee leden van de schooljazz-band. Steven was een bovennatuurlijk goeie drummer, en zijn vriendin voor het leven Annette was een extreem getalenteerd pianowonder. Ik noemde ze altijd de *Cha-KINGS*, naar het geluid dat je in sciencefictionfilms hoort als de luchtsluizen van twee ruimteschepen door een magnetisch krachtveld worden samengeklonken: tsja-*KING*. Zo close waren Steven en Annette namelijk. Ik had de *Cha-KINGS* voor dit project nodig vanwege de drie dingen waar zij bijna net zoveel van hielden als van elkaar, namelijk jazz, liefdadige dingen doen en het perfecte benefietconcert organiseren.

Wat hadden zij dan met benefietconcerten? Nou, om te beginnen hadden alle concerten die zij gaven met jazzmuziek en liefdadigheid te maken. Maar er was nog iets: drie jaar geleden waren ze verliefd op elkaar geworden tijdens het organiseren van een benefietconcert voor Stevens broertje Jeffrey, die kanker had. Van de opbrengst konden zijn ziekenhuisrekeningen worden betaald. Hoewel Annette uiteindelijk geen noot heeft gespeeld tijdens dat concert, en Steven in de pauze plotseling weg moest om Jeffrey naar het ziekenhuis brengen, was het een doorslaand succes. De rekeningen werden betaald, Jeffrey werd de officieuze mascotte van de stad, en heeft die status sindsdien gehouden, en Steven en Annette kregen elkaar dus.

Echt zo'n prachtverhaal dat je bijna een teiltje nodig hebt. De Cha-KINGS waren voorbeeldige scholieren en haalden natuurlijk altijd hoge cijfers. Ze zijn het meest geliefde stel dat ooit in een high school zal rondlopen, zonder sporttenue welteverstaan. Het zijn fabelachtig goede muzikanten. En ze zijn heel, heel erg aardig. Aardig voor dieren. Lid van de Honor Society voor excellente scholieren, patroonheiligen van de Key Club, die zich met maatschappelijke projecten bezighoudt, echt heel anders dus dan de middelmatige gitarist, de autojattende tuinkabouterverwoester, de veroordeelde delinquent die nu een poging zou gaan wagen om hun hulp in te roepen.

Het is maar goed dat ik zoveel charmes heb.

Ach, onzin – deze mensen LEEFDEN voor benefietconcerten. Als Stevens moeder zich zou verslikken in een kippenbotje, zou hij de Heimlich-greep toepassen terwijl Annette intussen vast een poster zou gaan ontwerpen voor 'Bone Aid'. Ze zouden deze kans met beide handen grijpen. Kat in het bakkie.

Is het plaatje helder?

Ik dacht de hele dag na over de beste aanpak. Meteen na schooltijd hadden we allemaal repetitie voor de jazzband, en daarna zou ik direct doorgaan naar het tehuis. Dus als ik het goed aanpakte, had ik het nieuws over het concert als munitie achter de hand wanneer ik Sol onder ogen kwam. Ik besloot iets eerder weg te gaan uit de laatste les, omdat Steven en Annette aan het eind van de dag samen een zelfstandig muziekstudie-uur hadden. Zo ongelofelijk hadden die twee hun leven dus geregeld. Ze hadden een complete school ervan weten te overtuigen dat ze dagelijks een speciaal studie-uur-voor-twee nodig hadden. Terwijl ik zo ongeveer mijn eerstgeborene aan de wiskundeleraar moest beloven om acht minuten eerder weg te mogen van zijn belangwekkende educatieve gezwam.

En zo liep ik door de lange gang naar de bandruimte. Toen ik dichterbij kwam kon ik het gepingel van Annette op de piano al horen, samen met een ander geluid: een soort *plink, plonk*, maar in verschillende toonhoogten, en mooi ook. Ik gluurde door het vierkante raampje in de deur, en zag Annette akkoorden spelen, terwijl hij met zijn ingewikkelde lijn van eenstemmige *plinks* uit zijn dak ging. Ik realiseerde me met een schok dat ik de melodie kende: 'Sunrise, Sunset.' Nou, kwam dát even mooi uit. Steven bespeelde de marimba, een soort xylofoon, maar dan groter en ook met houten toetsen. Nooit geweten dat hij nog iets anders speelde dan slagwerk, nooit geweten dat we überhaupt een marimba hadden op school, maar daarom waren hij en Annette waarschijnlijk muzikale goden, terwijl ik op mijn *toeches* bij wiskunde zat. Ik stak mijn hoofd om de hoek van de deur en voelde me een beetje ongemakkelijk omdat ik hun muzikale dans verstoorde, vooral omdat Steven de melodie plotseling begon op te leuken met allerlei snelle *grace notes*, die ik al niet uit mijn gitaar zou kunnen krijgen, laat staan uit een tweede instrument.

Alsof haar talenten nog niet indrukwekkend genoeg waren, bleek Annette ook nog eens tegelijkertijd te kunnen spelen en praten: 'Oké Steven, die melodie klinkt prima zo. Zou je nu de harmonielijn kunnen toevoegen, denk je?'

Ik dacht: *Dûh. Hoe kan hij nou nog meer noten spelen als hij maar twee stokjes heeft?* Maar toen deed hij iets ongelofelijks: zonder een slag te missen, pakte hij voor elke hand een extra stok en verspreidde ze tussen zijn vingers, zodat het leek alsof hij eetstokjes in zijn handen had, maar dan ondersteboven, zeg maar. En inderdaad speelde hij de melodie en de harmonie toen tegelijkertijd. En ten slotte, toen de waanzinnige virtuositeit van die twee bijna te deprimerend voor woorden was geworden, reikte hij achter zich naar een xylofoon die daar stond, en eindigde zijn solo met één hand rammend op elk instrument.

Bij de laatste noot van de solo wierpen Annette en Steven elkaar een klein lachje toe en barstten toen precies tegelijk los met de kleine coda waarmee de *Fiddler on the Roof*-medley eindigt. Toen het stil was, applaudisseerde ik. Annette draaide zich om naar Steven en zei: 'Uitslover!'

'Wacht, zo uitsloverig deed hij nou ook weer niet. Ik had eigenlijk wel verwacht dat hij zijn stokken in de fik zou steken en er tijdens zijn solo mee zou gaan jongleren, of tegelijkertijd met zijn voet op de bassdrum zou spelen of zoiets.'

Ze staarden me allebei aan alsof ze me betrapt hadden op het doodknuppelen van een babyzeehondje. Ik was even vergeten dat muziek voor de Cha-KINGS een SERIEUZE AANGELEGENHEID is. 'O, misschien een andere keer dan.' Nog meer gestaar. 'Hallo jongens. Jullie vragen je natuurlijk af wat ik hier doe. Ik bedoel, wat ik hier *nu* doe, in plaats van nadat de bel is gegaan. Ik bedoel, in plaats van bij wiskunde te zitten. Want dat zou ik nu eigenlijk hebben. Wiskunde. Algebra. Uh...' Nog meer gestaar.

'Zouden jullie het leuk vinden om hulpbehoevende oude mensen te helpen?'

Hun ogen begonnen te schitteren. Ik ben misschien een wauwelende gek, maar als verkoper doe ik het toch niet slecht.

TERUÇ iN HEP PEHUiS

Ik liep die avond Sols kamer in met goed nieuws en zwetende handen. Ik weet dat Laurie had gezegd dat Sol niet boos op me was, maar zij had slechts BIJNA altijd gelijk. Hij was er niet, dus ik ging in zijn stoel zitten en dacht na over de afgelopen middag. Steven en Annette hadden me enigszins verbaasd: zij waren van mening dat je zonder een maandenlange voorbereiding geen succesvol benefietconcert kon organiseren, en daarom hadden we afgesproken dat we een paar weken hard zouden oefenen en dan een informeel, gratis concert in het tehuis zouden geven. Ze hadden me bovendien zover gekregen dat ik elke maandag- en woensdagmiddag tot halfvijf zou komen repeteren, wat zij als gemuteerde gekken blijkbaar altijd al deden, gewoon voor hun plezier. Dus nu had ik ECHT geen leven meer, ook al was geen leven hebben met twee andere mensen en mijn gitaar nog altijd beter dan alleen thuis geen leven hebben.

Toch had ik het gevoel dat WEL een leven hebben de voorkeur zou genieten boven *mijn* twee opties.

Net toen ik depressief dreigde te worden vanwege mijn sneue sociale leven, hoorde ik een galmend 'HIE-ha!' vanuit de lifthal. Een paar seconden later kwam Sol binnen en kon het feest beginnen.

'Hé, kijk nou! Daar hebben we meneer Ahum, mijn gedwongen vrijwilliger. Gelukkig Nieuwjaar. Heb je nog een leuke oudejaarsavond gehad nadat je me aan het eenzame lot van de vergeten en de ouden van dagen hebt overgelaten?'

'Moet je horen, Sol, het spijt me dat ik ben weggerend en

het spijt me dat ik je nooit heb uitgelegd waarom ik hier kwam. Maar ik dacht echt dat je het WIST.'

'Alex, Alex. Op een dag zul je leren dat echte excuses geen MAAR in het midden hebben. Verder – dankjewel. Ga je misschien nog voor me spelen vandaag?'

'Nee, maar ik heb wel groot nieuws. Over een paar weken ga ik hier een jazzconcert organiseren, voor iedereen die zin heeft om te komen.'

'Ga JIJ een concert organiseren? En wie gaan er dan spelen?'

'Nou, er zitten er twee bij mij op school, dat zijn een soort wonderkinderen. We hebben een drummer die Steven heet en een pianiste die Annette heet. En ik speel gitaar. Volgens mij wordt het geweldig.'

'Geweldig zou ik niet durven zeggen. Maar het zal ongetwijfeld onderhoudender zijn dan hier te zitten wachten tot het tijd is voor mijn ademtherapie, en me af te vragen of er iemand in het hydrotherapiebad heeft gepist.'

'Wauw, leuk dat je zo enthousiast bent.'

Sol is óf totaal immuun voor sarcasme, óf zo goed in contrasarcasme dat ik nooit zeker weet of hij me nou in de maling neemt of niet. 'Graag gedaan, *boychik*. Maar ik hoop dat je je goed realiseert hoeveel werk het is om een show voor te bereiden.'

'Wat bedoel je? Ik heb wel vaker opgetreden. We repeteren, we komen hierheen en we spelen, toch?'

'Misschien. Als je de zaal hebt gereserveerd. En als je toestemming hebt gekregen om dit evenement op het rooster te zetten. En als de gierige vrekken die deze tent runnen, bereid zijn om alle overuren te betalen van de verpleeghulpen die ons er allemaal naartoe moeten brengen en weer terug. EN als je beschikt over alle benodigde apparatuur, stroom, microfoons, verlengsnoeren, speakers, verlichting...'

Misschien was het een goed idee om nu te vragen waarom

hij hier zoveel vanaf wist. Maar mijn goede ideeën waren op voor vandaag. 'Ik snap het, Sol. Maak je geen zorgen, ik maak het allemaal in orde. Vertrouw mij nou maar.'

'Heh. "Vertrouw me", zegt hij. Mijn grootmoeder zei altijd tegen me: "*Nisjt azoi gich macht zich wi es tracht zich.*"'

'En dat betekent...?'

'Makkelijker gezegd dan gedaan, *boychik*. Makkelijker gezegd dan gedaan.'

'Uh, goed. Sol, er is nog iets waar ik het vandaag over wilde hebben. Ik ben echt geen crimineel of wat dan ook. De enige reden waarom ik in de problemen ben geraakt was, uh, mijn ouders zijn gescheiden en mijn moeder ging met iemand uit, dus toen heb ik haar auto gepakt en...'

'Wacht heel even. Hoe zit het met de alcohol?'

'Oké, ik had gedronken. Maar...'

'Zie je wel, Alex, weer die "maar". Maar, maar, maar. Altijd maar maren. Een crimineel ben je niet. Misschien ben je zelfs wel een aardige jongen. Maar je hebt iets verkeerds gedaan en daar ben je voor opgepakt. Meer hoef ik niet te weten. De rest is alleen maar een excuus.'

'Maar...'

'Zie je wel?'

'Aaarrrggghhh! Jij bent echt zó frustrerend!'

'Weet ik. Godzijdank ben ik ook heel knap, wie weet wat er anders van me terecht was gekomen.'

3 januari

Geachte rechter Trent,

Met veel genoegen kan ik u een nieuwe doorbraak melden in mijn dienstverlenende werkzaamheden. Hoeveel plezier ik ook beleef aan mijn bezoekjes aan meneer Lewis, ik ben gaan beseffen dat ik nog veel meer zou kunnen doen, als ik me er maar voor inzet. In dit kader heb ik besloten een concert te geven met de geliefde jazzmuziek van meneer Lewis, voor alle bewoners van het tehuis. Ik ben ervan overtuigd dat ik de mensen daarmee een plezierige culturele ervaring kan bieden, en meneer Lewis bovendien iets leuks om naar uit te kijken nu hij herstellende is van gezondheidsproblemen waarmee hij recentelijk te kampen heeft gehad.

Ik heb meneer Lewis gisteren van het plan op de hoogte gebracht en hij leek enthousiast. Tijdens één bezoek heeft hij me een Gelukkig Nieuwjaar gewenst, gezegd dat ik een aardige jongen was EN gezegd dat het concert, ik citeer, 'onderhoudend' zou kunnen zijn. Ja, ik heb echt de indruk dat we een band beginnen te krijgen.

Bedankt voor deze fantastische kans om me te ontwikkelen.

Hoogachtend,

Alex Gregory

PS: Ik heb nog twee en veertig uur van mijn taakstraf te gaan. Hebt u al nagedacht over mijn eerdere verzoek om mijn werkzaamheden in het tehuis te verlengen? Ik denk echt dat Sol me zou missen als ik hem niet meer kwam opzoeken.

BEN ik EEN 9OEiE MUZikANr Of NiEr?

Tijdens mijn eerste oefensessie met Steven en Annette was het alsof ik door een renpaard werd voortgesleurd. Wat extra bijdroeg aan mijn genot was het feit dat Laurie op enig moment naar ons zou komen kijken. Want, laten we het maar onder ogen zien, als er ook maar een kleine kans was dat ik compleet zou worden vernederd, dan wilde Laurie op de eerste rij zitten.

Terwijl we onszelf met onze instrumenten installeerden, vertelde ik Steven en Annette welke nummers mijn voorkeur hadden, voornamelijk een verzameling liedjes die we ook al speelden met de jazzband: de makkelijkste. Vanwege het korte tijdbestek en het feit dat Steven en Annette zoveel beter waren dan ik, meende ik dat simpel het beste uitgangspunt was. Ze gingen allebei akkoord met mijn lijst, dus we konden beginnen. Ze keken naar me. Annette zei: 'Hé, Alex, roep maar, wat is het eerste liedje?'

'Uh, wat dacht je van "Mercy, Mercy Mercy"?'

Ze pakten allebei het akkoordenschema erbij en zetten het op hun muziekstandaard. Vervolgens wierpen ze me weer die arrogante artiestenblik toe. Met een stem die een kleuterjuf voor haar traagste leerlingen gebruikt, vroeg Steven: 'Ga je niet aftellen?'

Het was even wennen om de leiding te hebben. 'Ja, tuurlijk. Eén – twee – drie – vier.' We begonnen te spelen, maar ik wist meteen dat er iets niet goed ging. Annette stopte.

'Dat is te snel, Alex. Dit lied moet een groove hebben.'

O, het spijt me, Swingende Tante. 'Sorry. Eén – twee – drie – vier.'

Annette had gelijk. Het nieuwe tempo was beter. Steven speelde een relaxt tegendraads ritme; Annette deed met haar linkerhand een cool baslijntje en speelde met rechts de akkoorden. Ik had de melodie en vond eigenlijk dat ik het heel aardig deed. Vervolgens kwamen we bij een solostukje en toen brak de hel los. Eerst soleerde Annette, terwijl ik alleen maar de akkoorden speelde, wat eenvoudig genoeg had moeten zijn. Maar toen begon ze overal allerlei funky accenten te spelen en raakte ik op een zeker moment het spoor bijster. Net als wanneer je een getal probeert te onthouden terwijl iemand anders opzettelijk allerlei cijfers gaat roepen om je in de war te brengen.

Annette bracht me volledig van de wijs. Toen ze in de gaten kreeg dat ik helemaal de weg kwijt was, keek ze me aan en zei: 'vijftien-twee-drie-vier, zestien-twee-drie-vier,' zodat ik wist bij welke maat we waren. Vijf maten later was het Stevens beurt om me op een totale debiel te laten lijken. Annette ging plotseling weer akkoorden spelen, dus ik ging over op de melodie. Maar terwijl ik pogingen deed om mijn ritme te hervinden, begon Steven van die raar getimede roffels op de trommels te slaan, met op de bekkens kleine snelle accenten na de tel. Toen het me bijna was gelukt om me een weg te tellen door de chaos heen, door me te concentreren op het onafgebroken *boem-boem* van de bassdrum, begon hij ook daarmee te klooien.

Het was hopeloos. Ik was verdwaald in een enorme, woeste zee van wisselende, complexe ritmes. En uiteraard kwam toen Laurie binnen, precies op het moment van mijn opperste verwarring. Dus zag ze hoe Steven naar me siste: 'Psst! STOP EVEN!' Ik hield op met spelen; Steven en Annette gingen door en bogen de rest van het liedje op speelse wijze om in een vraag-en-antwoordspel voor drum en piano. Speelde hij een ritme, dan kaatste zij het naar hem terug. Deed zij een sprankelend loopje in de hoogte, dan wist hij dit op de een of andere manier te laten weerklinken op de bellen van zijn bekkens. Ging hij uit zijn dak met zijn bassdrum, dan vuurde zij plotseling een waas van bizarre lage noten op hem af. Ik zat daar maar, met mijn gitaar als een baby op mijn schoot. Hoofdschuddend aanschouwde Laurie deze scène. En toen, opeens, speelden Steven en Annette in perfecte harmonie het centrale thema van het lied, dat eindigde in een perfecte fade-out. Laurie applaudisseerde, mijn ogen vonkten. Alle ogen waren op mij gericht. Ik moest iets zeggen.

'Goed, dit nummer wordt wel wat. Welke doen we nu?'

'Je maakt een geintje zeker? We moeten deze nog een keer doen, helemaal vanaf het begin. Ja toch, Steven?'

'Ja. Maar misschien moeten we het deze keer iets makkelijker maken, totdat...'

'Totdat wat? Totdat ik over dezelfde telepathische vermogens beschik als jullie?'

'Nee, alleen maar tot je de muziek wat beter in je vingers hebt. Ben je altijd zo lichtgeraakt?'

Laurie kon het niet laten. 'Dat is-ie zeker, Steven.'

Dus begonnen we opnieuw. Keer op keer. Totdat ik zelf zo ongeveer 'Mercy, Mercy, Mercy' smeekte. Maar uiteindelijk bereikten we een stadium waarin ik het liedje tot het eind kon uitspelen zonder mezelf compleet uit het veld te laten slaan, wat een lichtpuntje was. We namen ook nog een aantal andere nummers door en ik durfde mezelf te laten geloven dat ik het helemaal onder controle had. Aan het eind van de repetitie gaf Annette me een lijstje met dingen waarop ik me volgens haar moest concentreren als ik thuis oefende. Ik dacht: *Wauw, en ik maar denken dat Laurie bazig was. Hoe houdt Steven het vol?* Maar ze leken zo gelukkig samen, en ik had de datingscore van een melaatse, dus misschien miste ik iets.

Op weg naar huis bleef ik wachten tot Laurie me met mijn optreden om mijn oren zou slaan, maar ze was in een filosofische bui. Eens in de zoveel tijd heeft ze dat, zoals toen ze me dwong in haar achtertuin te kamperen – we waren negen – en we verhalen verzonnen over de sterren totdat we allebei in slaap vielen. Of die keer op het strand, toen ze zich begon af te vragen of er ergens in Europa of Afrika twee andere kinderen waren die dezelfde golven van hun strand zagen wegrollen. Vanavond bestond haar stof tot nadenken uit de vraag of het mogelijk was om gelukkig getrouwd te zijn.

'Alex, denk je dat je ouders deze keer bij elkaar zullen blijven?'

'Ik weet het niet, hoezo?'

'O, ik vroeg het me gewoon af. Ik bedoel, zouden de dingen die hen de eerste keer uit elkaar hebben gedreven, hen niet weer uit elkaar drijven?'

'Dat hangt ervan af, lijkt mij. Ik weet eigenlijk niet eens wat überhaupt het probleem was – maar misschien zijn ze nu anders. Denk je niet dat mensen in hun voordeel kunnen veranderen als ze willen?'

'Ik weet het niet. Mijn moeder was een beroerde echtgenote en moeder voor ons, maar nu is ze het opnieuw aan het proberen met een nieuwe man. Dus ZIJ moet haast wel denken dat ze veranderd is.'

'Tenzij ze denkt dat de schuld volledig bij je vader lag en zij het perfecte maatje voor je stiefvader zal zijn.'

'Weet je, Alex, waarschijnlijk IS ze het perfecte maatje voor mijn stiefvader – het zijn allebei sukkels!' Ze bleef een poosje stil en blies toen het haar uit haar gezicht. 'Hoewel, mannen en vrouwen KUNNEN gelukkig zijn samen, toch? Ik bedoel, op de een of andere manier, ergens?'

'Zeker, Lau. Kijk naar Steven en Annette. *Ik* vind dat ze hem zo erg loopt te commanderen dat ze hem aan het eind van de repetitie wel een fooi had mogen geven, maar hij zal toch wel iets in haar zien.'

'Alex, mag ik je iets vragen?'

'Dat heb je zojuist gedaan.'

'Heel grappig. Vind jij Annette knap?'

Ik wilde uitroepen: 'Jij bent mooier!' Maar je weet nooit hoe Laurie op zo'n uitspraak reageert, en omdat ze altijd last heeft van spontane karate-uitbarstingen zei ik alleen maar: 'Ja, ik geloof het wel. Echt zo'n bandmeisje. Hoezo?'

'Ik weet het niet. Steven kijkt naar haar alsof ze de wereld voor hem is of zo. Ik zou het geweldig vinden als een jongen op die manier naar me zou kijken. Ik zie mezelf wel oud worden met iemand die zoveel om me geeft.'

'*Ik* geef zoveel om jou.' Oeps, beng! Had ik dit echt hardop gezegd?

'Ja, maar ik bedoel een echte kerel.'

Blijkbaar sprak mijn gezicht boekdelen, want Laurie krabbelde terug. 'Ik bedoel, jij bent een echte kerel en je ziet er goed uit en je bent aardig tegen me en grappig en... uhh... ik weet het niet, geweldig. Maar jij bent mijn ALEX. Snap je?'

'Ja, ik dacht al zoiets.' Maar ik was toch een tikje beledigd. 'Weet je wie ik ECHT een stuk vind? Dat meisje van school, Stephanie Simon.'

'Die huilerige cheerleader? Echt?'

'O ja. Zeker weten.'

'Vind je haar niet een beetje – ik weet het niet – ordinair, met die strakke kleren en zo?'

'Jazeker, maar ze heeft nog meer positieve punten.'

'Grinnik, grinnik. En je vindt niet dat haar gezicht er een beetje achterlijk uitziet?'

'Heeft Stephanie Simon een gezicht? Ik geloof niet dat ik dat ooit eerder heb opgemerkt. Goh, wie had dat gedacht?'

Op dat moment wist ik dat er een lel aan zat te komen. Maar ik kon het tij niet meer keren. Daarom heeft Laurie dus een zwarte band en ik alleen maar blauwe plekken. Maar toen ze me deze keer sloeg, kwam het extra hard aan, zelfs voor haar doen.

'AUWWW!'

'O, doet het pijn als ik dat doe? Goh, wie had dat gedacht?'
Toen waren we bij Lauries huis aangekomen, dus ze stoof
weg, haar tuin in. Ik bleef alleen achter en vroeg me af hoe
het in godsnaam mogelijk was dat we van een filosofisch gesprek, niet meer dan een paar straten terug, in een eenzijdige
beukpartij verzeild waren geraakt. Ik keek haar na tot ze naar
binnen ging. Net voor ze de deur dichttrok, stak ze haar tong
naar me uit. Wat raar is, want wat er net ook gebeurd mocht
zijn, ik was er vrij zeker van dat zij was begonnen.

26 januari

Geachte rechter Trent,

*Met groot genoegen wil ik u hierbij nogmaals nederig uitnodi-
gen om het allereerste Egbert P. Johnson Memorial Home for the
Aged Winter Jazz Dinges bij te wonen, een evenement dat een
chiquere naam zal krijgen zodra ik er een heb bedacht. Het belooft
een spectaculair concert te worden, met mijzelf op gitaar en de
jeugdige jazzgenieën Steven Alper en Annette Watson op respectie-
velijk slagwerk en piano. De festiviteiten zullen op 7 februari om
exact 18:00 uur aanvangen, in de recreatiezaal van het tehuis.*

*Ik koester het vooruitzicht u te kunnen laten zien dat mijn pas
ontdekte enthousiasme voor het helpen van ouderen diep en op-
recht is, en u te laten kennismaken met mijn organisatorische en
muzikale talenten. Als het niet al te veel moeite is, zou ik u willen
vragen om mij zo snel mogelijk te laten weten of u bij het concert
aanwezig zult zijn, zodat ik een ereplaats voor u kan reserveren
op de voorste rij, tussen mijn moeder, die u kent, en mijn goede
vriend meneer Solomon Lewis.*

Hartelijk dank.

Uw nederige dienaar,

Alex Gregory

Beste Alex,

Jouw concert lijkt me een prachtig evenement, én een gewel-dig leerzame ervaring voor alle betrokkenen. Ik vrees echter dat ik je uitnodiging niet kan aannemen, vanwege wat onafgeronde privékwesties.

Ik zie uit naar je verslag van de ongetwijfeld succesvolle be-kroning van je prijzenswaardige inspanningen.

Met vriendelijke groet,

Rechter J. Trent

EEN VERRASSENDE AVOND

De maand januari was een geestdodende ramptocht door de hel. Ik moest twee keer per week repeteren met de Cha-KINGS en in de tussenliggende dagen op bezoek bij Sol. En al had ik geen huisarrest gehad, dan had ik mezelf in het weekend huisarrest gegeven omdat ik moest leren voor mijn tentamenweek aan het eind van de maand. Mijn ouders hadden nu officieel verkering, wat raar was en ranzig, en daarom probeerde ik het maar compleet te negeren. Maar mijn vader leek tenminste wel te zijn vergeten dat hij naar Philadelphia had willen verhuizen, althans voorlopig. O ja, en het toppunt van mijn ellende was wel dat tussen mij en Laurie alles ongemakkelijk en vreemd was. Ik wilde dolgraag mijn oude maatje Laurie terug, zodat we lol konden maken en *egg creams*, en ons samen uit de restaurants in het winkelcentrum konden laten schoppen. Gewoon een maatje om mee rond te hangen. Maar in plaats daarvan was er die vreemde nieuwe Laurie, die minder vaak lachte, me vaker een dreun verkocht en het toch voor elkaar kreeg dat ik voortdurend aan haar dacht. Ik was constant moe en mijn dromen waren een angstaanjagende mengelmoes van willekeurige, valse gitaarklanken, onoplosbare algebrasommen, door elkaar gehusselde feiten uit de Amerikaanse geschiedenis, en beelden van mijn ouders en Laurie, Sol en Laurie, en Annette en Steven en Laurie.

Met hier en daar voor de zekerheid nog wat extra Laurie.

Vraag me niet hoe, maar ik haalde het einde van de maand én mijn tentamens, en sleepte mezelf naar de laatste repetitie voor het concert. En ik vergat niet eens mijn gitaar en blad-

muziek mee te nemen, waar ik best trots op was. De Cha-
KINGS zaten al helemaal klaar, maar ze hadden een vreemde,
bijna schuldige uitdrukking op hun anders zo gretige gezichten. Annette liet de bom barsten: 'Alex, om te beginnen willen
we je heel erg bedanken voor het feit dat je ons de kans geeft
om morgen in het tehuis te spelen. Het is altijd fijn als je in de
gelegenheid wordt gesteld om mensen te helpen, en zoals je
weet vinden we het allebei heerlijk om te spelen. Maar...' Ze
stopte even en streek haar typische orkestmeisjesrokje glad. Ik
kon het haast niet geloven, maar Annette leek nerveus.

'Oké, maar?'

'Uh... eerlijk gezegd vinden we dat jij nog niet echt klaar
bent om morgen met ons mee te spelen. Steven kan zijn par-
tijen dromen en ik heb mijn stukken ook aardig onder de knie,
maar jouw spel is nog niet echt waar het moet zijn.'

'Ik doe het prima. We halen heus het eind van het concert
wel. Trouwens, afgelopen dinsdag zei je nog dat mijn solo in
de *Fiddler*-medley "aardig" klonk, en ik ben al minstens een
week de draad niet kwijtgeraakt en hoefde bij geen enkel nummer meer tussentijds af te haken.'

Nu richtte Steven zijn pijlen op het snel verschrompelende
doelwit dat voorheen bekend stond als mijn ego. 'Alex, je doet
het OKÉ. Maar wij willen meer dan gewoon OKÉ. Wij willen
GEWELDIG. We willen PERFECT. En hoewel je harder hebt gestudeerd dan ik voor mogelijk had gehouden, ben je er... gewoon... nog niet... helemaal. Het spijt me.'

'Wacht nou eens even. Annette, Steven, luister. Al die mensen in het tehuis zijn van ons afhankelijk. Ze hebben hier al
weken naar uitgezien. In hun leven gebeurt niet zoveel meer en
ze hebben wat inspiratie nodig. Wij kunnen misschien wel een
lach op hun gezicht toveren. Wie weet? Misschien dat ons con-
certje zelfs wel iemand kan helpen om... hé, wacht nou. Wat
staan jullie nou te lachen?'

Plotseling sprong Laurie vanachter de piano tevoorschijn

en gromde: '*Gotcha!*' Ik moet toegeven dat het een heel behoorlijke imitatie van Sol was, al was ik er NIET blij mee dat Laurie weer een nieuw wapen had toegevoegd aan haar arsenaal van Alex-martelmethoden. 'Wauw Alex, je klonk net heel even als iemand die *ergens om geeft. Je liet me schrikken.*'

Steven en Annette vielen nu bijna om van het lachen. En ik maar denken dat de Cha-KINGS stijf en saai waren. Niet dus. Weer iets voor op mijn lange lijst van onterechte vooroordelen. 'Ik GEEF er ook om!' En dat was ook zo. Maar Laurie had wel een punt, want vroeger gaf ik nooit ergens om. En Sol zat me nog steeds dwars, en hij irriteerde me en wist me bijna elke keer weer kwaad te krijgen. Maar ik wilde echt dat dit concert goed zou gaan.

Annette zei: 'Dat weten we, Alex. Dat wij nou toevallig de Cha-KINGS zijn, wil nog niet zeggen dat wij niet weten wanneer iemand een project serieus neemt. Maak je geen zorgen, natuurlijk gaan we spelen. Dit zouden we toch nooit willen missen? Laurie vertelde ons dat jouw vriend Sol de grappigste man ter wereld is.'

Ho eens even één miezerig klein momentje! Ze *wisten* dat ik ze de Cha-KINGS noemde? Ik zou Laurie VERMOORDEN. Maar toen kwam ze met de verrassingstaart die ze achter haar rug verborgen had gehouden.

'Gefeliciteerd, Alex. Het gaat je echt lukken. En het wordt vast een gedenkwaardig evenement.'

En Laurie kreeg gelijk, maar niet helemaal zoals we ons ooit hadden kunnen voorstellen. Het concert werd een succes in alle gewenste opzichten. Het podium werd opgezet, de verpleeghulpen brachten alle mensen op het juiste moment naar de juiste plek. De oudjes vonden de muziek prachtig. Steven en Annette kregen een enorme kick van het optreden. Mijn ouders zaten samen op de voorste rij met Laurie en Sol, en lieten zich niet verleiden tot vechtscènes in welke vorm dan ook. En ik slaagde erin de eerste helft van het programma zonder noemenswaardige complicaties tot een goed einde te brengen.

Ik moet eerlijk bekennen dat ik aan het begin van de show wel een tikje gespannen was. De grote bazin van het tehuis sprak een paar woorden tot de zaal en zei hoe fantastisch het was om te zien hoe jonge mensen zich inzetten voor de gemeenschap, bla bla bla. Daarna gaf ze de microfoon aan mij. Ik schrok me rot. Ik was zo bezig geweest met het muzikale gedeelte, dat het niet in me was opgekomen dat ik misschien ook nog een woordje tot de zaal moest richten. Ik keek even naar mijn vader en moeder, die op het puntje van hun stoel zaten om geen woord te missen van mijn briljante speech. Ik keek naar Sol, die hard in een zakdoek zat te hoesten en geen idee had van wat zich op het podium afspeelde. En ik keek naar Laurie die haar vingers kruiste en haar tong naar me uitstak. Ik haalde diep adem.

'Uh, dames en heren. Fijn dat u bent gekomen vandaag. Ik bedoel natuurlijk niet echt "gekomen", want de meeste mensen waren hier al, maar... nou ja, u weet wel wat ik bedoel. Hoe dan ook, ik ben Alex, en de drummer heet Steven. En Annette, daarachter, speelt piano. Nou ja, NU speelt ze nog even geen piano, maar dat zal ze gaan doen zodra ik mijn mond houd. Oké, we gaan beginnen met een nummer getiteld "Mercy, Mercy, Mercy".'

Ik ben mans genoeg om onder ogen te zien dat ik met deze speech niet de prijs voor spreker-van-het-jaar zou winnen, maar ik was tenminste niet gestruikeld en van het podium gestort, daarbij drie bejaarde jazzfans verpletterend, of wat dan ook. Het was tijd om te gaan spelen en dat deden we dus ook. Mijn spel had losser en meer ontspannen gekund, maar ik heb geen opvallende fouten gemaakt. Bovendien waren de Cha-KINGS zo afgrijselijk goed dat het waarschijnlijk geen bal had uitgemaakt als ik mijn muziek ondersteboven had gelezen, in de verkeerde toonsoort had gespeeld of mijn gitaar in brand had gestoken en onderwijl had zitten jongleren met vijf razende katten. Het zou niemand echt zijn opgevallen. Ik zorgde er gewoon voor dat ze geen last van me hadden. Ik speelde akkoorden als het tijd was voor akkoorden, speelde de melodie als het mijn beurt was, en hield mijn solo's simpel. Steven was een subtiele wervelwind. Zijn armen bewogen amper, maar toch speelde hij die supersnelle riedels die altijd op PRECIES het juiste moment ophielden. Zijn bassdrum danste door de melodieën en knipoogde naar de baslijn die Annette speelde. Hij bracht ons allemaal in vervoering, en gaf ons een zwevend gevoel dat hij nog niet eerder bij me had losgemaakt. En dan Annette. Godallemachtig! Ik had Steven een keer horen zeggen dat hij vond dat ze op haar mooist was als ze speelde. Toen zag ik dat niet zo. Maar nu was ze echt een wonder om te aanschouwen. Haar vingers hadden diezelfde dartele lichtheid als de handen van Steven en ze had een serene uitdrukking op haar gezicht. Zij was geboren om dit te doen, precies dit en niets anders, alleen maar *dit*. En heel af en toe, als zij en Steven weer een van hun mentaal-telepathische kunstjes uithaalden, maakte ze oogcontact met hem op een manier die me bijna deed blozen. Maar in plaats van te blozen, merkte ik dat ik me van Annette afwendde en naar Laurie staarde.

Oké, ik laat het misschien dromeriger klinken dan het was. Ik zat bijvoorbeeld de hele tijd te zweten als een varken tijdens het Internationale Spekfestival. Verder liet ik mijn plectrum een paar keer vallen, en lazerde mijn muziek een keer van de standaard, het enige moment waarvan ik absoluut zeker wist dat Sol zat te kijken, omdat ik hem zijn keel hoorde schrapen alsof hij een van zijn bulderlachjes probeerde in te slikken toen ik als een gek de gevallen muziek bij elkaar graaide. En – we zaten tenslotte in een verzorgingshuis – ik was me tijdens de stillere passages voortdurend bewust van de aanhoudende flarden gekuch uit het publiek.

Maar ik had een heel goed gevoel toen we het podium afliepen voor de pauze, na mijn mooi gesproken aankondiging dat we 'uh... even gaan pauzeren... en dan... uhm... nog wat zullen spelen, als u er dan nog bent.' Laurie zei dat ze het geweldig vond, de directrice stak twee duimen naar me op en mijn ouders lachten naar me en liepen naar me toe. Maar eerst greep Sol mijn arm. 'Alex, je moet iets voor me doen.'

'Ik ben nu eigenlijk even bezig, Sol. En ik moet over een paar minuten alweer op. Vermaak je je een beetje?'

'Zeker, zeker. Je bent fenomenaal, Alex. Maar zou je even naar mijn kamer kunnen rennen en mijn andere bril willen halen?'

'Wat mankeert er aan de bril die je nu op hebt?'

'Die zit niet lekker en ik zie er niet goed mee. Als de nachtzuster niet zo'n *sjmegegge* was geweest en gisteravond niet alles in mijn kamer had verplaatst, dan was er niks aan de hand geweest. Luister, doe het nou maar gewoon.'

Ik had intussen het gevoel alsof heel Amerika naar me zat te staren, naar dat rotjoch dat niet eens even een bril wilde halen voor een oude man.

'Goed, waar ligt-ie?'

'Als ik dát wist, had ik hem nu wel op gehad. Ik weet het niet, maar er ligt maar één bril in die kamer. Hoe moeilijk kan het zijn voor een knul met zoveel talent als jij?'

Ik keek of ik Steven en Annette ergens zag om hen te vertellen dat ik even weg moest en zo weer terug zou zijn, maar waarschijnlijk waren ze even naar het toilet of zo. Laurie zag het en zei: 'Komt wel goed, Alex. Ik zal tegen de Cha-KINGS zeggen waar je bent.'

Ik wilde weglopen en hoorde nog net die dombo van een vader van mij vragen: 'Wat is een Cha-KING?'

Sols verdieping lag er angstaanjagend verlaten bij omdat iedereen beneden was. Het voelde een beetje zoals in een droom waarin je op school verschijnt en alle gangen leeg blijken te zijn. Het wordt almaar donkerder en je probeert weg te rennen. Je schreeuwt. Maar het is al te laat, want daar verschijnt een hand en die...

Hoe dan ook, ik kreeg een beetje de kriebels daarboven. In de kamer zag ik niets liggen dat ook maar in de verste verte op een bril leek. Ik keek snel in alle laden van Sols kledingkast, maar ook daar had ik geen geluk. Ik verwachtte nu elk moment dat de onvermijdelijke gemaskerde moordenaar me zou grijpen, wat de intensiteit van mijn zoekactie vergrootte. Ik kwam bij de onderste la, waar alleen maar een berg ondergoed van Sol in lag, boxers om precies te zijn. Ik wist dat de bril heel goed onder een van die stapels kon liggen, maar ik kon mezelf er niet toe zetten om die boxers met mijn handen te verplaatsen. Dat was gewoon te gruwelijk. Gelukkig vond ik een ongebruikte en verpakte tongspatel, dus pakte ik die en roerde zo'n beetje tussen de onderbroeken. Ik voelde iets hards en dwong mezelf om met mijn hand te voelen. Een kistje! Ik pakte het uit de la en duwde tegen het slotje zodat het deksel openging.

Maar er zat geen bril in, alleen een grote oude sleutel. Hmmm. Waar was die bril? *Was* er wel een bril? Was dit een... een... een valstrik? O *God!* dacht ik. *Sol is iets van plan. Hoe kon ik nou zo onnozel zijn?* Ik lanceerde mezelf de deur uit en de brandtrappen af, met het kistje nog in mijn handen. Toen ik het trappenhuis uitkwam, kwam mijn voorgevoel uit. Niet qua moordenaar, maar wel wat de valstrik betreft. Ik hoorde hoe Stevens slagwerk een snel latin-nummer inzette. Toen Annette inviel, herkende ik het nummer van Tito Puente, 'Para Los Rumberos'. Ik wist dat Steven daar gek op was. Wat waren ze in vredesnaam aan het doen?

Toen hoorde ik mijn geliefde Tele in actie komen. Maar *ik* had er nog nooit zo op gespeeld. Er kwam een stortvloed van noten uit, sneller dan ik op mijn beste momenten had gepresteerd en met een timing waar ik een moord voor zou doen. Ik kwam met gierende remmen de hoek om en de recreatiezaal in, en zag een tafereel dat ik nooit meer zal vergeten. De zusters stonden allemaal met hun heupen te wiegen. De verpleeghulpen gingen swingend door de knieën. En zelfs de bewoners waren bijna allemaal overeind gekomen en stonden de shimmy te dansen alsof ze over echte, natuurlijke heupgewrichten beschikten. En voor dit uitzinnige broeinest van party power stond een man die MIJN gitaar liet janken.

Een man wiens bril niet lekker zat.

Sol keek naar mij, daar achter in de zaal, bewoog geluidloos zijn lippen en vormde het woord dat natuurlijk niet uit kon blijven: '*Gotcha!*'

Wat moest ik doen? Ik liep naar voren en bleef staan tussen mijn moeder en Laurie, die op Sols stoel zat. Laurie had een brede grijns op haar gezicht en fluisterde: 'Dit is geweldig. Hij is echt ongelofelijk!'

Ik zei geen woord. Ik voelde dat mijn wangen rood waren, maar Laurie merkte het niet. Mijn moeder legde haar arm om mijn schouder en zei: 'O Alex. Wat een schitterende verrassing! Ik weet niet hoe je het voor elkaar hebt gekregen, maar het lijkt wel of je meneer Lewis weer tot leven hebt gewekt!'

Ja, fantastisch. Zij had makkelijk praten. Zij hoefde straks niet het podium op om het van Sol over te nemen als hij klaar was met de duivelse inbezitneming van mijn gitaar. Het nummer eindigde in een daverend applaus. Ik gluurde om me heen en zag dat mevrouw Goldfarb een transformatie onderging: ze zag eruit alsof ze ieder moment haar telefoonnummer op een kledingstuk kon zetten, en dat in Sols richting zou slingeren als hij nog langer zou doorspelen. Dit werd echt steeds surrealistischer. Op dat moment nam ik een besluit: als er ook nog een MTV-ploeg zou verschijnen, zou ik uit het raam springen.

Sol speelde nog een paar nummers met Steven en Annette. Nadat hij met zijn vertolking van de *Fiddler*-medley iedereen tot tranen toe had geroerd, boog hij. Toen liep hij naar de microfoon. O, man. Laurie boog zich naar mij toe en kneep mijn hand fijn. Ik wist zeker dat ze mijn zielige frons en zweterige hand heel opwindend moest vinden, maar op de een of andere manier wist ze zichzelf te beheersen en stortte ze zich niet in mijn armen voor een lange, tedere kus. Behalve door de bliksem te worden getroffen, kon ik me geen slechter einde van deze dag voorstellen.

'Dames en heren, bedankt voor uw vriendelijke applaus. Maar nu wil ik graag de jongeman die dit allemaal mogelijk heeft gemaakt, weer op het podium uitnodigen – de echte ster van vandaag, meneer Alex 'Ahum' Gregory!!!'

Iedereen klapte, al moest mijn vader in verwarring aan mijn moeder vragen: 'Wat is een Ahum?' Sol vervolgde: 'Vergeet u niet voor u de zaal verlaat een fooi te geven aan uw bediening en de barman. Dat was een grapje, mevrouw Goldfarb. Van een klein lachje gaat u echt niet dood, hoor. O, en trouwens, mensen: wat er ook gebeurt, laat je nooit door Alex naar huis rijden.'

Sommige mensen moesten lachen, anderen keken een beetje verbaasd. Toen ik de tocht naar het podium ondernam – de langste tien stappen van mijn leven – kreeg ik van Sol een vreemde glimlach: triomfantelijk en boos tegelijk. Toen gaf hij me de gitaar. Er volgde een paniekerig overlegmoment met Steven en Annette (althans, ik was in paniek; zij waren nog helemaal euforisch van het spelen met Sol). Toen stapte ik naar de microfoon. 'Ons laatste nummer is een stuk getiteld "All Blues". Het is van Miles Davis en gaat over hoe je je voelt als je... uh... vlak na Solomon Lewis gitaar moet spelen.'

Het was het meest simpele jazznummer dat ik kende, en hiermee zou ik zonder al te veel extra kleerscheuren uit deze nachtmerrie kunnen ontsnappen. Annette zette in op de piano, waarna Steven een heel cool ritme met zijn kwasten begon te spelen in plaats van met zijn drumstokjes. Ten slotte viel ik in met de bijbehorende glijdende melodie- en harmonielijnen die in sexten een mineurtoonladder doorliepen die je niet meer uit je kop krijgt. Ik werd helemaal gegrepen door de schoonheid van het nummer en ik vergat het hele publiek, Sols optreden en al het andere, behalve mijn vingers die op en neer gleden over het fretboard. Annette speelde de eerste solo, en die was zo goed dat ik bijna vergat door te spelen. Toen knikte Annette naar mij, en ik barstte uit in mijn laatste solo van de avond. Toen keek ik even naar Sol en de droefheid op zijn gezicht vermengde zich met de noten die ik speelde. Hetzelfde gebeurde met de schittering in Lauries ogen, terwijl het contact tussen de verstrengelde handen van mijn ouders het elastische ritme van de harmonie vormde. Er was ook nog plaats voor mijn woede, toen ik een paar maten lang schurende dissonanten speelde van verminderde kwinten in mineur. En toen ik al die spanning weer liet oplossen in de melodie, was ik niet boos meer. Natuurlijk, Sol had me voor gek gezet voor het publiek, inclusief de belangrijkste mensen in mijn leven. Maar die zaten nu allemaal voor me te klappen. Als Sol het pijnlijke onderwerp er niet nog dieper in zou wrijven, zou ik het wel overleven.

En als het in de Sahara zou gaan sneeuwen en vriezen, zouden ze de naam wel veranderen in Sahara Ski Resort.

Het zat erop. De mensen klapten en wij pakten onze spullen in. Annette en ik hielpen Steven om zijn drums naar zijn moeders auto te brengen en alle bewoners behalve Sol gingen naar hun eigen verdieping voor de nacht. Toen ik voor de laatste keer terugliep om mijn gitaar en versterker te halen, stonden de Cha-KINGS te kletsen met mijn ouders, Laurie en Sol. Annette zei: 'Wauw, meneer Lewis. Alex heeft ons nooit verteld dat u gitaar speelt.'

'Ik speel niet. Ik heb al zevenentwintig jaar en drie maanden niet gespeeld. Daarvoor speelde ik, ja.' Zijn woorden klonken steeds zachter en ik besefte dat hij bijna geen lucht kreeg.

'Maar u hebt zoveel talent! Waarom bent u er dan mee opgehouden?'

'Liefje, er is meer in het leven dan talent. Je bent nog jong. Maar op een dag zul je begrijpen waar ik het over heb.'

'Maar ik meen het serieus. U speelde echt geniaal!'

'Dank je.' Sol zag bleek en leek wat zwakjes, en ik zag aan hem dat hij niet over zijn geheim wilde praten, wat dat ook mocht zijn. Hij zag me en veranderde van onderwerp: 'Meneer Ahum! Heb je mijn bril gevonden?'

'Nee, ik heb je bril niet gevonden – je hebt namelijk helemaal geen reservebril, Sol.'

Hij dacht even na en haalde adem. 'Ach, nou ja. Ik heb tenslotte ook maar één gezicht. Wat moet een mens dan met een reservebril?'

'Maar ik heb wel iets anders gevonden.' Ik hield de sleutel omhoog. 'Enig idee waar die van is?'

'Misschien laat ik je dat nog wel een keer zien. Maar voorlopig mag je hem heel goed bewaren.' Zijn laatste woorden eindigden in een gigantische hoestbui en hij liet zich op de dichtstbijzijnde stoel vallen. Hij greep naar zijn borst en liep donkerrood aan. Een zuster die ik niet kende verscheen uit het niets en riep om zuurstof. Er kwam iemand aangeslenterd met een rolstoel waaraan een zuurstoffles hing en Sol werd erin gezet en kreeg zo'n ding aan zijn neus geklemd. Binnen enkele ogenblikken, waarin wij machteloos toekeken, had Sol zijn normale kleur weer terug. Hij leunde achterover in zijn stoel. Hij draaide zich om naar mij en de verpleeghulp en zei: 'Willen jullie me alsjeblieft naar boven brengen? Als artiest heb ik mijn schoonheidsslaapje broodnodig. Je dacht toch niet dat ik bij mijn geboorte al zo knap was?'

Ik zei mijn ouders en Laurie gedag. Steven gaf me een high five en zei: 'Wat een show, hè?' Jep, wat een show. Hoe je er ook tegenaan keek, een show was het zeker. Annette pakte met twee handen mijn hand vast en zei heel zachtjes tegen me, zodat niemand anders het kon horen: 'Je hebt goed gespeeld hoor, en dat nummer van Miles Davis was geweldig. Denk je... dat het weer goed komt met je vriend?'

Ik mompelde iets wat vaag als een bevestiging klonk, maar toen ik achter Sols rolstoel aan naar de lift liep, kon ik niet nalaten te denken dat Annette met nul-twee achter stond: Sol was nou niet bepaald mijn vriend, en het zou nooit meer goed komen met hem.

Duisternis

Ik bleef bij Sol tot hij zijn geruite flanellen oudemannen-pyjama aanhad en in bed lag. Met de extra zuurstof leek het wel weer te gaan, maar je kon je afvragen of het spelen hem niet te zeer had uitgeput. Hij draaide zich om naar mij, maar keek me niet echt in de ogen. '*Boychik*, dat was geen slecht concert. Jouw vrienden hebben veel talent. En jij hebt echt keihard gewerkt.'

Hoe kwam het toch dat deze man me zo snel kwaad kreeg? 'Dus zij hebben talent en ik heb hard gewerkt? Bedankt, Sol. Jij hebt ook hard gewerkt trouwens. Ik heb met name genoten van de manier waarop je me van mijn eigen concert hebt weg-gelokt en het vervolgens hebt overgenomen, waardoor ik als een *sjlemazzel* te kijk stond!'

'Kom, wind je niet op, Alex. Je hebt in elk geval wat Jid-disch van me geleerd, nietwaar? En ik heb je niet als een *sjle-mazzel* neergezet. Ik speelde alleen beter dan jij.'

'O ja, jij speelde beter dan ik. Dat is alles. Behalve dan dat je me nooit hebt verteld dat je kón spelen. Dus heb ik maan-denlang voor paal gestaan door hier gitaar voor je te spelen. En jij maar doen alsof je het leuk vond, terwijl je me in mijn gezicht uitlachte! Waarom heb je me niks verteld?'

'Je hebt er nooit naar gevraagd, Alex. Je komt hier nu al sinds afgelopen najaar en je hebt niet één keer iets aan me ge-vraagd. Wat denk je nou, dat ik met een slang aan mijn hoofd geboren ben?' Hij gaf een tikje tegen zijn neusslang, zuchtte, en vervolgde zijn donderpreek. 'Jonge mensen zoals jij den-ken altijd dat mensen van boven de zestig nooit iets gedaan hebben in hun leven. Nou, ik kan je vertellen meneer Ahum, meneer de Dronken Crashende Lefgozer: ik heb ZAT gedaan!'

Hij nam weer een adempauze, en ik beet zo hard op mijn lip dat ik een zoute bloedsmaak proefde tussen mijn voortanden. 'Neem nou mevrouw Goldfarb verderop in de gang. Zij was twee en dertig jaar lang de directrice van JOUW school. En meneer Moran in kamer drie-twintig? Die runde een bank, samen met zijn broer Albert. Veertig jaar lang hebben ze dat bedrijf opgebouwd. Maar toen ze het voor miljoenen dollars hadden verkocht, hebben hun kinderen ze na drie maanden in dit tehuis gedumpt. Albert heeft de winter niet eens gehaald, maar meneer Moran heeft gezworen dat hij zijn waardeloze zonen zal overleven. Ik zie hem ervoor aan dat-ie dat nog gaat halen ook.'

Sol produceerde een geluid dat leek op wat je krijgt als een lach en een piepend gehijg frontaal met elkaar in botsing zouden komen op de snelweg, nam een slok water uit het glas op zijn nachtkastje en vervolgde zijn tirade. 'En jij zit hier maar zo'n beetje de uren weg te tellen tot je mij voorgoed achter je kunt laten. Maar ik zal hier dan nog steeds zijn, *boychik*. Ik zal deze plek alleen tussen zes planken verlaten. Dus zeg nou niet dat ik niks heb gezegd. Ik héb niks gezegd. Waarom zou ik iets moeten zeggen als je het allemaal al zo goed weet?'

Hij hield zijn mond, nam nog een slok en leunde achterover. Hij ademde nu weer zwaarder, wat mij de kans gaf om even tegen hem tekeer te gaan tot hij weer genoeg lucht had. Maar ik ging niet tekeer. 'Goed, hier heb je een vraag: waarom speel je geen gitaar meer? Waarom ben je gestopt?'

Hij had zijn ogen gesloten en het bleef zo lang stil dat ik dacht dat hij in slaap was gevallen. Toen bewogen zijn lippen, en ik moest helemaal over hem heen gaan hangen om hem te kunnen verstaan. 'Alex, Alex. Ik heb mijn brood verdiend met gitaar spelen. Dertig jaar lang, zes avonden per week. New York, Miami, Californië. De casino's, de cruiseschepen, de

Pocono- en Catskill-jazzfestivals. Noem een zaal en Lou Solomon heeft er gespeeld. Zo noemden ze me destijds, Lou Solomon. Vraag me niet waarom, maar mijn manager vond dat minder joods klinken. Alsof het publiek daar zelf niet achter was gekomen, na één blik op mijn enorme *sjnoz*.'

Pauze, ademhalen, slok.

'Waar had ik het ook alweer over? O ja, de gitaar. Ik had toen een vrouw. Ethel heette ze, en ze was mooi. Ja, ik weet het, de naam Ethel associeer je niet meteen met een schoonheid, maar zij was er een. Ze was klein en levendig, als een vogeltje. Jouw Laurie doet me aan haar denken.'

Ik onderbrak hem: 'Laurie is niet...'

'Ik ben nu even aan het woord, als je het niet erg vindt. Hoe dan ook, we hadden ook een dochter, Judy. Knap en goedgebekt. Altijd haar woordje klaar. Ik was dan misschien veel te vaak van huis, om op die verdomde gitaar te spelen, maar ik was vaak genoeg thuis om te weten dat Judy op een dag IETS zou worden. We hadden een prima leven. Ik reisde overal naartoe, ontmoette de groten der aarde, zoals Monk, Dizzy, Buddy Rich, en speelde zelfs een keer met Miles in de Half Note. Maar na een tijdje ging de glans er een beetje af, begrijp je wat ik bedoel? Zoals bij kreeft, zeg maar. Als je die af en toe eet, is het een delicatesse. Maar eet je het elke dag, dan is het niet meer dan een gigantisch insect met klauwen en een botersausje. Judy zat op de high school, Ethel wilde weer aan het werk (ze was bibliothecaresse) en het was voor hen niet makkelijk dat ik avond aan avond weg was.'

Kuch, ademhalen, slok.

'Maar wat gebeurde er toen? Ben je gestopt met spelen om bij je gezin te kunnen zijn? Dat vind ik echt...'

'Nee, ik ben niet gestopt om bij mijn gezin te kunnen zijn. Had ik het maar gedaan, maar er was altijd weer een volgend belangrijk optreden, snap je? Dus op een dag rijdt Ethel naar Mountain Laurel in het Pocono-gebergte om me te zien spelen.

Dat deed ze eigenlijk zelden, maar Judy logeerde bij een vriendinnetje en misschien voelde ze zich eenzaam. Mountain Laurel was op zich geen geweldige concertzaal, maar het was wel lucratief om daar op te treden. Drie van zulke *gigs* per maand en je kon je hypotheek betalen. Hoe dan ook, halverwege het optreden werd ik naar de telefoon geroepen. Judy lag met hoge koorts in het ziekenhuis. Ethel wilde dat ik het optreden zou onderbreken en met haar naar het ziekenhuis zou rijden. Maar ik zei, en het was nog waar ook: "Ethel, ik heb nog nooit een *gig* verknald. Nooit. En de mensen weten dat als ze Lou Solomon boeken, dat ze dan waar voor hun geld krijgen. Ga jij maar. Ik weet zeker dat het helemaal goed komt. Ze heeft alleen een beetje koorts." We kregen slaande ruzie. Zij zei dingen die ze misschien beter niet had kunnen zeggen en ik deed ook een duit in het zakje. Maar wat had ik dan moeten doen? Ik kon gewoon niet zomaar weglopen van die *gig*. Ethel greep haar handtas, wierp me nog een laatste blik toe – de ergste die ik ooit van haar heb gekregen – en rende de zaal uit. De bandleider zei dat ik haar achterna moest gaan, maar ik zag haar nergens meer. Ik heb zelfs onze zangeres nog naar de damestoiletten gestuurd, maar Ethel was nergens te vinden. Ze moet direct naar de auto zijn gerend en zijn weggescheurd. Ik moest weer op, dus dat deed ik. Ik weet het niet, misschien had ik naar buiten moeten rennen, in het busje van de band moeten springen en proberen haar in te halen. Maar niemand wist toch wat er zou gebeuren? En Lou Solomon verknalde nooit een optreden. Dus ik ging door.'

Ademhalen, slok, huilen. Huilen? Ja, echt waar, Sols schouders schokten en de tranen rolden over zijn wangen. 'Sol, je hoeft het me niet te vertellen als...'

'Je hebt ernaar gevraagd, dus ik vertel het je. Het is goed. Je moet dit toch weten, vind ik. Ethel is nooit thuisgekomen, Alex. Een dronken automobilist in een grote vrachtwagen is achter het stuur in slaap gevallen op de snelweg van Pennsylvania, en heeft de auto van mijn Ethel gewoon van de weg af geduwd. Zo de berg af. *Bam!* Volgens de politie heeft ze het waarschijnlijk niet eens zien aankomen, dus ze heeft tenminste geen pijn gehad. Zij niet, nee! Ik heb sindsdien nooit meer gespeeld, tot vanavond. In plaats daarvan ben ik huizen gaan schilderen. Ik was er goed in en ik kon 's avonds thuis zijn bij Judy. Dus die bleef nog een paar jaar thuis wonen en verhuisde voor school zodra ze de kans kreeg. Nu ben ik alleen en is zij de succesvolle advocaat die nooit haar Chanoeka-bloemen komt ophalen.'

Ik wist niet zeker of dit het juiste gebaar was, en ik ben over het algemeen niet het troostende type, maar ik legde mijn hand op Sols arm. Zo bleven we een hele, hele lange tijd zitten, totdat zowel Sol als mijn linkerbeen diep in slaap waren. Nu begreep ik waarom Sol zo uit zijn dak was gegaan toen hij hoorde van mijn kleine kabouterincident. Ik trok zijn deken over hem heen, deed het bedlampje uit en liep op mijn tenen de kamer uit. Net toen ik de drempel raakte, hoorde ik hoe Sol zich omdraaide en mompelde: 'Ik vond "All Blues" mooi, jongen. Pas goed op de sleutel.'

In de bus naar huis zat ik weg te dommelen, terwijl mijn hand de sleutel in mijn broekzak stevig omklemde. Het was een lange dag geweest.

HET bLOEDbAD VAN VALENTiJNSDAg

Ze waren op school zeker bang dat ik per ongeluk een ontspannen of tevreden moment zou beleven, en daarom werd er voor Valentijnsdag een Sadie Hawkins-dansavond georganiseerd. Voor diegenen die de bijna middeleeuwse marteling van dit evenement nooit zelf hebben ondergaan: een Sadie Hawkins-dansavond is een happening waarbij de meisjes de jongens mee uit moeten vragen. Nu heb ik toch al niet veel talent op het man-vrouwterrein, dus normaal gesproken zou ik V-dag gewoon thuis doorbrengen in een betrekkelijke, licht deprimerende rust, omdat mijn kans van slagen bij het uitnodigen van een meisje van de menselijke soort vergelijkbaar was met de kans dat de Chicago Cubs de World Series zouden winnen. Nee, nog erger, dat ze de Super Bowl zouden winnen. Maar dit Sadie Hawkins-gedoe was nog erger: ik kon niet eens thuis gaan zitten mokken, want ik kon elk moment worden gestrikt als partner van een willekeurig meisje. Ik geef toe dat er nou niet bepaald een wachtlijst was voor het vragen van semigetalenteerde bandnerds met een crimineel verleden, maar zolang er een sprankje hoop was, zou ik op hete kolen zitten.

En natuurlijk was er nog het gevreesde, maar toch spannende vooruitzicht dat Laurie mij zou uitkiezen. Dus steeds als zij in de buurt was, werd ik in mijn ellende nog verder op de proef gesteld. Elke dag zat ik tijdens de lunch tegenover Laurie mijn half bevroren schoolkantinepizza weg te kauwen, terwijl ik keek hoe zij haar onvermijdelijke salade wegwerkte. Ik wachtte tot ze over het dansfeest zou beginnen. Natuurlijk bleven er elke keer minstens drie jongens bij de tafel staan, die één voor één een praatje met haar maakten, terwijl ik onderwijl met het zweet in mijn handen zat, en vreesde dat ze hun de vraag zou stellen waar ik bij was. Nee echt, ik zat te zweten en bad: *Niet waar ik bij ben, alstublieft lieve Heer, niet waar ik bij ben.* En dan liepen ze weer verder, terwijl ik tevergeefs probeerde mijn klamme handen weer droog te krijgen, in afwachting van de volgende kandidaat.

Maar er gebeurde niets, en niets, en weer niets. Het leek wel een honkbalwedstrijd: drie op, drie af. Elke lunch weer, drie op en drie af. Tot op een dag Sarah op me af kwam. Sarah was een stille, muisachtige tromboniste met als meest in het oog springende uiterlijke kenmerk een reusachtige beugel, waarmee ze sprak alsof ze met knikkers zat te gorgelen, en met een voorliefde voor het schrijven van eindeloze bladzijden afgrijselijke liefdespoëzie, die ze dagelijks voordroeg tijdens de Engelse les. Hier volgt mijn impressie van Sarah die Shakespeare leest:

Womeo, ah Womeo, where faw ot dow, Womeo?

Of Sarah die een gedicht van Elizabeth Barrett Bwowning voorleest (pardon, Browning):

How goo I lub vee?
Wet me cout the ways.

En zo klinkt Sarah als ze mij vraagt voor de Sadie Hawkinsdansavond, waar Laurie bij staat:

'Hoi Wauwie. Hoi Awex. Hé, Awex, wiw je met mij naaw ge Sagie Hawkins-gansavonk?'

Daar zat ik dan, zwetend en in paniek. Wat zeg je in zo'n situatie? Daar zijn dus echt helemaal geen richtlijnen voor, want zulke dingen gebeuren alleen met MIJ. Na een paar ogenblikken van ondraaglijke stilte – en dan bedoel ik stilte van mijn kant, het is nou ook weer niet zo dat de hele kantine ineens zweeg, wat een zegen was – kreeg ik van Laurie een schop onder de tafel alsof ik een stapel grenen planken was, en zo te voelen ging ze voor de hoofdprijs. Ik wist niet precies wat ze hiermee had willen bereiken, behalve dan een pijnlijke blauwe plek, maar ze wist me in elk geval tot actie aan te sporen: 'Natuurlijk Sarah, dat lijkt me leuk.'

Terwijl Sarah en ik de details verder uitwerkten, en ik probeerde om niet al te opvallend mijn zere scheenbeen te masseren, kneep Laurie ertussenuit. Tegen de tijd dat ik mijn fantastische nieuwe date liefdevol gedag zei en naar de gang strompelde, was Laurie allang verdwenen.

Terwijl ik mijn coole plannen smeedde, hadden mijn ouders hun eigen gestoorde ideeën voor de naderende feestdag. Ze gingen samen naar relatietherapie omdat, zoals pa het formuleerde: 'we met een schone lei willen beginnen en niet dezelfde fouten willen maken als eerst.' Ze hadden vijfenzeventig dollar per uur kunnen besparen als ze gewoon naar mij waren gekomen. Zo ingewikkeld was het niet: ik zou gewoon tegen pa hebben gezegd dat hij er niet mijn leraressen vandoor moest gaan. Maar nee hoor, hun therapeut had iets geweldigs bedacht: ze moesten proberen om een groot, ceremonieel en perfect 'eerste afspraakje' te organiseren, op Valentijnsdag. Ze hadden dus een uitgebreid draaiboek opgesteld, met mooie kleren, bloemen, een etentje, dansen en god mag weten wat nog meer. Iedere keer als ik naar mijn vader ging (wat ik tegenwoordig ongeveer twee keer per week deed, met frisse tegenzin), probeerde hij mij te ontfutselen wat ma zou aantrekken. En als ik dan thuiskwam, begon ma me uit te horen over pa's kledingkeuze voor de grote avond. Alsof a) het me ook maar iets interesseerde en b) ik überhaupt luisterde naar de vreemde geluiden die uit hun keel kwamen als hun lippen bewogen. Ik hoopte voor hen dat alles goed zou uitpakken, hoewel ik er eigenlijk niets mee te maken wilde hebben. Want misschien waren ze het zelf even vergeten, maar ik wist nog heel goed hoe fijn hun romance de eerste keer was afgelopen. Hoe dan ook, het was in elk geval een tweede interessante plotwending voor V-dag.

De dag na mijn eerste rampzalige lunch met Laurie beleefde ik het genoegen van nog zo'n lunch. Ik strompelde overdreven mank lopend naar de tafel, zodat Laurie kon zien dat ze mij misschien wel voor het leven had verminkt met haar gemene trap, en zei: 'Hoi. Salade deze keer? Gewaagde keuze.'

Ik kreeg hem meteen terug: 'Een date met een verbaal gehandicapte muzieknerd? Gewaagde keuze.'

'Wat is er nou? Zij kwam naar mij toe. Zij vroeg me toch mee? Toen ik niet meteen opsprong om haar enthousiast te gaan zoenen, gaf jij me een schop onder de tafel. Dus zei ik ja, precies zoals je wilde.'

'Ik wilde niet dat je ja zei, ik wilde dat je nee zei.'

'Ach, jammer dat ik de morse-vertaalkit voor enkeltrappen nooit van je heb gekregen, dan had ik dat tenminste begrepen. Ik ben blijkbaar een beetje hardleers in het uit elkaar houden van de ja-schop en de nee-schop. Waarom wilde je eigenlijk dat ik nee zei?'

'Nou, omdat je Sarah niet *aardig* vindt. Althans, je hebt het nog nooit over haar gehad. Ik vind het gewoon een beetje wreed om haar valse hoop te geven. Het is duidelijk dat ze in haar hart naar je heeft zitten verlangen, wegkwijnen, terwijl haar tragische tranen over haar wangen druppelden en roestplekken veroorzaakten op haar schattige beugeltje.'

'En dan noem je *mij* wreed? Jij pakt haar op haar orthodontische problemen en ik ben de wreedaard? En als ik nee had gezegd? Dan had ik zielig alleen thuis gezeten, en zij ook.'

Laurie beet even op haar lip. 'Alex, jij zou helemaal niet thuis hebben gezeten op Valentijnsdag.'

'Hoe bedoel je?'

'Nou, ik dacht...'

Voor ze haar zin kon afmaken, viel er een grote schaduw over ons heen. We keken op naar het tankachtige postuur van Brad Hunter, de aanvallende sterspeler uit ons schoolrugbyteam. Hij torende boven de tafel uit als een zwaar bepantserd rupsvoertuig. Er ging een zekere dreiging van hem uit. Anders dan je van een zwaar bepantserd rupsvoertuig zou verwachten, begon hij tegen Laurie te praten. 'Moet je horen, Laurie, ik weet dat dit een meisjes-vragen-de-jongens-ding is, maar ik vind je heel bijzonder en zou graag met je naar het feest willen. Tenminste, als je geen andere plannen hebt.'

Laurie gaf me weer een van haar dodelijke en rake trappen, en glimlachte liefjes naar Brad. 'Nee hoor, ik heb geen andere plannen.'

Vrouwen! Je kunt niet met ze leven, én je kunt niet meer lopen.

* * *

Op de avond van het dansfeest had ik me er helemaal op ingesteld om er maar het beste van te gaan maken. Mijn moeder was zo royaal geweest om mijn huisarrest voor deze avond op te schorten, maar misschien was dat omdat ze dan alleen thuis kon zijn als mijn vader haar kwam ophalen. Ik had een mooie zwarte broek aan en een donkergroene sweater die Laurie voor me gekocht had, omdat 'mijn ogen daar zo mooi bij uitkwamen'. Ik had me geschoren, ook al kon ik – ik ben de eerste om dat toe te geven – niet betrapt worden op een overweldigende baardgroei, maar het gaf me tenminste een excuus om met de aftershave in de weer te gaan. Ik had mijn tanden gepoetst (twee keer) en gespoeld met mondwater, tot mijn mond een waar paradijs van pepermuntige frisheid was. Ik had mijn haar gekamd zodat ik er voor de verandering niet uitzag als een bruine pleeborstel. Net toen ik op het punt stond om de deur uit te gaan en naar Sarah te lopen, die vlak bij school woonde, ging de telefoon.

Mijn moeder sprong een meter of twee de lucht in en rukte bijna het toestel van de muur. Hoezo zenuwachtig? Ik hoorde alleen haar kant van het gesprek, nogal logisch, en ik had meteen in de gaten dat er iets aan de hand was:

'Hallo. Ja, daar spreek je mee. WAT heeft hij? Echt niet? Sinds wanneer? Waar is hij nu? Vroeg hij naar...? Oké, ik doe mijn best. Bedankt voor je telefoontje.'

Ze draaide zich om. Ik had me al helemaal schrapgezet voor het nieuws dat mijn vader plotseling het land had verlaten met mijn gymlerares of zo, maar mijn voorgevoel is wel vaker onbetrouwbaar gebleken. 'Alex, ik heb slecht nieuws. Meneer Lewis... Sol... ligt in het ziekenhuis. Hij heeft longontsteking. Ik weet dat het nu niet echt uitkomt, maar hij wil je graag zien.'

Lekker dan. 'Goed, ik ga morgenochtend wel even langs. Mag ik dan vrij van school?'

'Je snapt het niet, Alex. Sol heeft longontsteking. Longontsteking kan dodelijk zijn, vooral voor oude mensen. En al helemaal voor oude mensen met emfyseem. Misschien... haalt hij... de ochtend wel niet.'

Ik dacht snel na. 'Mam, kun je me er nu heen brengen? Dan rijden we eerst even langs Sarahs huis om het uit te leggen.'

Ma zuchtte. Dit paste niet helemaal in haar plan voor vanavond. 'Goed dan, pak je jas. Ik bel je vader wel even vanuit de auto.'

Bij Sarah aangekomen, liep ik naar de voordeur en belde aan. Ik had verwacht dat een van haar ouders zou opendoen en er een ongemakkelijk kruisverhoor zou volgen, maar Sarah was hen voor. Ze zag er echt heel erg mooi uit. Ik had haar nog nooit iets anders zien dragen dan een spijkerbroek en een T-shirt, maar nu had ze een soort groene zijden jurk aan die op de een of andere manier heel goed bij haar paste. Haar ogen waren net zo groen als de mijne. Was me nooit opgevallen. Er was nog iets wat opviel, maar het kwartje viel pas toen ze riep: 'Dag mam. Dag pap. Ik ben om twaalf uur thuis en ik heb mijn mobieltje bij me!'

Toen ze verlegen naar me lachte had ik het zichtbare bewijs: ze had haar beugel vanavond uitgelaten. Sarah kon praten! Dus nu had ik een afspraakje met iemand die zichzelf in een prinses had getransformeerd, terwijl het bal was omgetoverd in een nachtwake in het ziekenhuis. Ik moest nu echt opbiechten wat er aan de hand was, dus toen we naar de auto liepen, bleef ik staan en gaf haar een update. 'Sarah, ik heb slecht nieuws. Ik werk als vrijwilliger in het verzorgingshuis…'

'Bij een oude man die Sol heet, toch? Ik weet alles, hoor. Je hebt jezelf in de nesten gewerkt door dronken achter het stuur te gaan zitten, en toen heb je een werkstraf in het tehuis gekregen. Toen kreeg je echt een band met die oude man en je hebt een concert georganiseerd met Steven en Annette, en jij speelde gitaar, toch? Ik vind je echt een held, zoals jij omgaat met een hulpbehoevende oude man.'

Hoe wist ze dat allemaal? Ik moest het vragen. 'Hoe weet jij dat allemaal?'

'Had je dat niet van Bryan Gilson gehoord? Hij heeft me alles over jou verteld. Ik bedoel, ik kende je van de jazzband en ik wist al dat je leuk was…' Mijn God, als mijn moeder dit kon horen door het open autoraampje, zat ze zich nu vast rot te lachen. 'Maar Bryan heeft me verteld hoe serieus en gevoelig je bent. Ik was niet van plan om je te vragen voor het feest, vanwege jouw, je weet wel, relatie met Laurie, maar volgens Bryan kon ik dat rustig doen, want hij zei dat Laurie toch al met een van zijn sportvrienden ging. Dus zo is het gekomen. En daar ben ik blij om. Sorry, wat wou je zeggen?'

'Uh, nou, het zit zo: Sol, die oude man, ligt in het ziekenhuis. Ik werd net gebeld en hij is er heel slecht aan toe. Hij heeft naar me gevraagd en misschien is dit wel, zeg maar, zijn sterfbed. Dus ik moet nu meteen naar hem toe. Je mag mee als je wilt, maar mijn moeder kan je ook op school afzetten, dan zie ik je daar als ik...'

Sarah onderbrak me door haar hand op mijn arm te leggen. Die was droog en warm. En ze keek me aan met vreemde draaiende ogen. 'Alex, ik vind het een eer om bij je vriend op bezoek te gaan. Kom op, we gaan.'

Dus sprongen we in de auto en reden naar het ziekenhuis. Toen ma ons had afgezet, zei ik dat ze haar afspraak gewoon door moest laten gaan. Ze gaf me twintig dollar en zei dat ik maar een taxi moest bellen als we vanuit het ziekenhuis naar het dansfeest gingen. Toen we naar de balie van het ziekenhuis liepen, pakte Sarah mijn hand vast en kneep erin. Dit was echt een hele vreemde avond. En ik was er nog niet uit of ik Bryan nou moest bedanken of vermoorden.

De kamer van Sol was 'semiprivé', dat is ziekenhuistaal voor 'niet privé'. Dus lag er nog een andere man in de kamer, in het bed bij het raam, met overal draden en slangen aan zijn lijf. Sol lag bij de deur, half overeind met een stapel kussens in zijn rug. Uit twee verschillende infuuszakken druppelde vloeistof zijn arm in, en hij had een slangetje onder zijn neus. Hij had zijn bril niet op, waardoor zijn neus er nog groter uitzag, maar tegelijkertijd dieper leek te liggen. Zijn lippen waren blauw.

God, wat had die man blauwe lippen. Ik ben geen arts, en mijn cijfer voor biologie kwalificeerde me waarschijnlijk niet als diagnostisch deskundige, maar ik was er toch vrij zeker van dat blauwe lippen niet voorkwamen in de top tien van kenmerken van een blakende gezondheid. Ik begroette hem en hij draaide zich om toen hij mijn stem hoorde.

'Alex, *boychik*, ben jij het? Ik wist wel dat je zou komen.' Zijn stem klonk alsof hij door een mondvol koffiedik probeerde te praten. KOKEND koffiedik welteverstaan. Ik liep naar hem toe en legde mijn hand op zijn schouder – zijn door de infuusnaald blauw geprikte hand was me net even te eng. Toen hij even op adem kwam na deze lange speech, kwam Sarah naast me staan.

'Sol, dit is...'

'Ik weet heus wel wie dit is, hoor. Wat denk je nou? Dat ik een hoestje heb en mijn bril niet op heb, betekent toch niet dat ik plotseling een complete *sjmegegge* ben geworden? Wat fijn om je weer te zien, Laurie.'

O-o. Sarah verstijfde en trok haar hand terug. Sol greep haar hand. 'Laat me eens even goed naar je kijken, schat.' Zwaar ademend en met half gesloten ogen bestudeerde hij haar. Het leek wel net zo lang te duren als, nou ja, weet ik veel, als een jaar op Pluto duurt. 'Alex, uche uche! Ze is helemaal opgedirkt vanavond. Waar neemt je man je vanavond mee naartoe, mevrouw Ahum?'

Daar had ze geen antwoord op, en ik ook niet, maar Sol onderschepte blijkbaar de blik die wij wisselden. 'O, ik weet het, ik weet het. Jullie zijn NOG niet getrouwd. Maar ik kan wel dood zijn morgen, vandaar dat ik de tegenwoordige tijd gebruik – HIE-ha, pardon – voor de toekomst.'

'Sol, ze...'

'Ja, ik begrijp het wel. Ze vindt het wat ongemakkelijk om hier open over te praten, hè lieve Laurie? Maak je geen zorgen, hoor. We begrijpen allemaal precies wat hier aan de hand is, nietwaar?'

Sarahs ogen schoten vuur, maar ik had geen idee hoe ik moest voorkomen dat Sol nog meer zout in de wond zou strooien. Maar ik heb het tenminste geprobeerd, dat moet je me nageven. 'Sol, luister nou even naar me. Dit is niet...'

'O, ik denk ook niet dat dit al het einde is, hoor. Je hoeft me echt niet op te vrolijken, Alex. En je hoeft niet te huilen, Laurie. Ik kom hier wel weer doorheen. Er werken hier hele goeie dokters. En volgens mij vindt die ene zuster mij wel leuk. Ze heeft naar me geknipoogd. Ik zei dat ik te oud voor haar was, maar vrouwen als zij vinden een man die met zijn *toeches* uit zijn – sorry Laurie – die met zijn *toeches* uit zijn kamerjas hangt, gewoon onweerstaanbaar.'

Ik gaf het op en staakte mijn pogingen om Sol te corrigeren, waarna Sarah de rest van de tijd kwaad ging zitten mokken. Sol en ik praatten nog een kwartiertje door en toen kwam er een zuster binnen om te zeggen dat het bezoekuur voorbij was. Zodra we opstonden en wilden vertrekken, kreeg Sol de langste en hevigste hoestbui die ik ooit had gehoord, ik bedoel, zelfs voor hem was die uitzonderlijk. Er klonk een hoop gerochel, ge-HIE-ha en geblaf, gevolgd door nog meer van dergelijke geluiden. Plotseling greep hij een kopje van het nachtkastje en spuugde erin, waarna hij weer even wat lucht had. Hij zei tegen Sarah: 'Laurie, snoepje van me, kun jij bij de zusterpost even een glas water voor me gaan halen? Ik geloof dat mijn beker een beetje *sjmoetsik* is.'

Toen ze de deur uit was gelopen, greep ik mijn kans: 'Sol, dit is Laurie niet. Ze heet Sarah. Ze is tromboniste in mijn jazzband op school en ik ga vanavond met haar naar een dansfeest.'

Hij had zo'n uitgestreken smoelwerk dat ik hem wel door elkaar kon schudden. 'Natuurlijk is dit Laurie niet. Sinds wanneer word je blind van een longontsteking? Waar zat je ook alweer op school?'

'Nou, ik bedoel, jij zei... ze is niet... je hebt je bril niet op, dus ik dacht...'

'*Boychik*, heb jij soms nog nooit van contactlenzen gehoord? Jij moet echt wat meer met je tijd meegaan, hoor.'

'Dus jij wist dit de hele...?'

Sols kwaadaardige maar stralende grijns beantwoordde in één klap al mijn vragen: '*GOTCHA!*'

Op dat moment kwam Sarah binnen met een glas water, net toen Sol dubbelsloeg in een volgende hoestbui. Maar ik meende er ook een onderdrukt lachje doorheen te horen. Ik putte me uit in verontschuldigingen terwijl we naar beneden liepen, en toen we buiten op onze taxi stonden te wachten, EN tijdens de rit, EN toen we op het dansfeest aankwamen. En zij bleef maar zeggen dat het niet erg was, dat ze het volledig begreep, bla bla bla. Maar je hoeft niet hoogbegaafd te zijn om te begrijpen dat de kans dat Sol met zijn verpleegster naar Aruba zou vertrekken groter was dan de kans dat ik met Sarah ook maar enige toekomst had.

Eenmaal binnen werd het er niet beter op. De eerste mensen die we tegenkwamen op weg naar de dansvloer, waren Laurie en haar monolithische vleeshomp, Brad. Ze droeg – en ik kon echt mijn ogen niet geloven – een brandweerrode jurk die zo strak zat dat het leek alsof de ontwerper halverwege te weinig stof had gehad en de rest maar met een verfspuitbus had afgemaakt. Brad was uitgedost in een grijze slobberbroek, een grijs shirt en een grijze sweater. Ik wil die knul verder niet beledigen, dus ik zeg alleen nog: stel, je wordt beroofd door een Afrikaans waterdier, en de safaripolitie zet Brad met vier nijlpaarden op een rij, dan zou het niet meevallen om hem als verdachte uit te sluiten.

Het was nauwelijks te bevatten hoeveel groter hij was dan zij. Van een afstandje deden ze me denken aan mijn lievelingsprentenboek van toen ik een jaar of vijf was. Het heette *De kleine vuurtoren en de grote grijze brug.* Al was dít verhaal lang zo leuk niet. En toen we ze zo dicht waren genaderd dat ik me begon af te vragen of we geen risico liepen te worden verzwolgen door Brads zwaartekrachtveld, moesten we ook nog met ze communiceren.

'Hoi Laurie. Hoi Brad.'

'Hoi Alex. Hai Sarah. *Jullie* zijn stijlvol te laat.'

(Jep, en jouw partner is stijlvol rechthoekig. En wat dan nog?)

'Ja, we hadden wat oponthoud.'

Brads bijna subsonische stem ging nu helemaal los: 'O, in de vorm van een tuinkabouter, bedoel je?'

Ik dacht: *Wauw, we zijn* ECHT *laat. Laurie heeft zelfs tijd gehad om Brad te leren* PRATEN! Maar ik zei het niet hardop, omdat ik daar ver boven sta. Nou ja, en omdat Brad maar één van zijn granieten vingers naar me hoefde uit te steken om me volledig te verpulveren. Dus grinnikte ik alleen. 'Goeie, Brad. Nee, we moesten even een tussenstop maken in het ziekenhuis.'

Ik hield even mijn mond om deze mededeling te laten landen. Terwijl Brad vermoedelijk worstelde met mijn intimiderende drielettergrepige woorden, vroeg Laurie: 'Het ziekenhuis? Waarom? Wat is er aan de hand?'

'Uh, Sol heeft longontsteking.'

'O, mijn god! Hoe gaat het met hem? Is hij aanspreekbaar? Is hij in de war? Ik moet naar hem toe.'

Sarah greep haar kans: 'Doe geen moeite, Laurie. Hij denkt dat je net al bent geweest!'

Laurie trok één wenkbrauw op en pakte mijn arm vast. Sarah kon nu elk moment een spuitbuis uit haar tas pakken en traangas over me heen spuiten, vermoedde ik. En misschien was het verbeelding, maar ik had het gevoel dat Brad naar me stond te GROMMEN. Laurie zei, op haar typische manier van het-interesseert-me-geen-moer-wat-jullie-ervan-vinden: 'Alex, breng me naar het ziekenhuis!'

Ooit geweten dat drie mensen met zo'n verschillende achtergrond en met zulke uiteenlopende emotionele behoeften en invalshoeken allemaal op exact hetzelfde moment 'MAAR...' konden zeggen?

'Niks te maren. Het spijt me, maar het gaat hier om een mensenleven, en niet om een waardeloze dansavond op school. Trouwens Sarah, had je een leuke date met Alex?'

'Uhh...'

'Dat bedoel ik. En Brad? Heb jij het gevoel dat we vanavond een onsterfelijke, bovenaardse ziel-tot-ziel-klik hebben gemaakt?'

'Huh?'

'Zie je wel? Brad, dit is Sarah. Sarah is een zeer getalenteerd muzikante. En Sarah, dit is Brad. Brad kan echt enorm goed de Himalaya nadoen! Alex, trek je jas maar weer aan, dan kunnen we deze poppenkast opdoeken.'

Twintig minuten later gingen we met de dienstlift naar Sols verdieping. We werden gesnapt door een verpleegster, maar Laurie gaf een knap staaltje Oscarwinnend acteerwerk weg, als Sols kleindochter die volledig over haar toeren was, waarna we bij hoge uitzondering buiten het bezoekuur naar binnen mochten. Er zijn momenten waarop ik moet erkennen dat Laurie heel dicht in de buurt komt van een soort superheld, al zou ik niet weten hoe ze haar kostuum onder dit jurkje zou moeten verbergen. Sol zag haar outfit meteen. 'Laurie, wat fijn om je zo snel weer terug te zien. Je hebt een andere jurk aan. Deze is echt veel mooier. Ik mag hopen dat Alex dat tegen je heeft gezegd?'

Ik bloosde en beet op mijn lip.

Laurie vuurde een reeks vragen over Sols gezondheidstoestand op hem af, terwijl ik mijn uiterste best deed om niet naar haar nauwsluitende kledingtoestand te kijken. Hij verzekerde haar dat het wel goed ging en hij had inderdaad meer kleur in zijn gezicht dan anderhalf uur geleden. Toen vroeg hij aan Laurie of hij mij even alleen kon spreken, van man tot man. Ze trok de bekende wenkbrauw op, maar kuste hem toen gedag zonder een spoortje van protest en liep naar de gang. Sol klopte op de rand van zijn bed en ik ging bij hem zitten.

'*Boychik*,' declameerde hij op een toon van mannelijke-man-adviseert-andere-mannelijke-man, 'dat is de vrouw voor jou. *Dat* is jouw danspartner, en niet de een of andere tubatoeterende muis.'

'Sol, Sarah speelt trombone.'

'Goed jongen, wat jij wilt. Ga jij lekker uit met je kleine sousafoonspeelster. Ik ben oud, wat weet ik er nou helemaal van? En als je klaar bent met rotzooien, hoop ik dat Laurie nog steeds op je wacht. Maar als ik haar zo zie in dat rode jurkje, zou ik er maar niet op rekenen.'

Het was een wonderlijke dag geweest, en daarom was ik misschien minder alert dan normaal. 'Sol, ik wil best met Laurie uit. Maar ZIJ ziet MIJ niet staan, niet op die manier.'

'Alex, soms ben je echt een *mesjoggener*. Die meid loopt achter je aan, bekommert zich de hele tijd om je, en doet zelfs aardig tegen jouw knorrige vriend Sol. Reken maar dat ze je ziet staan. En ze ziet dat jij haar ziet staan. Alleen zie jij niet dat zij jou ziet staan. *Oi*, hier krijg ik koppijn van, zeg. Maar waar het hier om gaat is dat je tijd kostbaar is, net als meisjes zoals zij. Dus verspil geen van beide en laat mij even slapen. Alhoewel, vraag eerst of die mooie verpleegster even bij me langskomt om te kijken of het al tijd is voor mijn volgende dosis hoestmedicijn. Ik ben dol op dat spul!'

Toen Laurie en ik vertrokken, kreeg Sol weer een acute hoestbui. Het leek wel of hij deze aanval had uitgesteld, zodat hij zich kon concentreren op zijn advies aan mij. En toen Laurie in de lift met haar hoofd op mijn schouder leunde, hoopte ik echt dat zijn advies klopte. 'Waar zullen we nu naartoe gaan?' vroeg ze. 'Ik denk niet dat Sarah en Brad er echt op zitten te wachten dat we ons gezicht nog op het feest laten zien.'

'Nee, en ik zou vanavond liever bij jou zijn. Ik bedoel, de hele tijd. Ik bedoel...'

Ze legde een vinger op mijn lippen en het viel me op dat haar korte, afgekloven nagels net zo rood waren als haar outfit. 'Sst,' fluisterde ze en ze keek me aan. Wilde ze dat ik haar zou kussen? Hoeveel gekker zou het nog worden vanavond? En moest dat dan een echte kus zijn, met passie en zo? Of meer een experimenteel, vluchtig zoentje? En waarom rook het in deze lift eigenlijk naar kool van een maand oud?

Ik zette mijn diepste gedachten opzij, want nu was ik aan zet. Met een elegante beweging, een en al behendigheid, reikte ik achter haar naar het paneel en drukte op de rode STOP-knop. Er begon een alarm te loeien op een volume dat door merg en been ging. Lauries hoofd schoot omhoog vanaf mijn schouder en onze tanden kwamen met elkaar in botsing. Toen ik als een bezetene op de knoppen begon te rammen om mijn actie weer ongedaan te maken, bezweek Laurie inmiddels bijna van het lachen. Mijn bloosreflex werd behoorlijk op de proef gesteld vandaag. Toen ik de rode knop weer had uitge-trokken, werd het verpletterend stil. Laurie probeerde een bul-derlach te bedwingen en liet om de paar seconden een soort giechel ontsnappen, terwijl ze intussen naar mijn lip staarde. 'Alex, je bloedt! Ik help je – GIECHEL – wel even.' Ze viste een zakdoekje van twijfelachtig hygiëne uit haar tas en depte mijn gezicht. Ze kwam heel dichtbij staan om het beter te kunnen zien en net toen ik dacht dat de Tweede Ronde was ingegaan, hadden we de begane grond bereikt. De deuren gingen open en we zagen een overvolle lobby met helemaal vooraan twee wat oudere beveiligingsbeambten.

'Alles in orde, kinderen? We hoorden het alarm afgaan.'

'Ja, sorry meneer. Ik moest hem… alleen uh… even stilzet-ten. Omdat…'

'Ja, die "omdat" is mij wel duidelijk, knul. Hé, ben jij niet die gast van de tuinkabouter?'

'Uh, Sarge? Ben jij het?'

Hij keek me een tijdje aan met een dreigende blik, die zich ten slotte ontspande tot een grijns.

'Ja, ik schnabbel hier een beetje bij. Wat moet je anders, met twee studerende dochters? Je ziet er beter uit dan de vo-rige keren dat we elkaar zagen. Ik heb nog naar je gevraagd bij de rechter en die zei dat je sindsdien op het rechte pad bent ge-bleven. Oké, ik zou maar gaan als ik jullie was, en blijf uit de problemen, hè?'

Laurie en ik baanden ons een weg door de mensenmenigte en ik hoorde Sarges collega nog net zeggen: 'Wauw, zag je hoe ze naar hem keek? Het mag een wonder heten als die knul vanavond uit de problemen blijft.'

GOEDEMORGEN, WERELD!

De dag na het dansfeest was interessant. V-dag viel op een zondag en die sukkels uit onze leerlingenraad hadden het feest gewoon op de dag zelf georganiseerd, op de veertiende. Dus waren we allemaal kapot toen we maandagochtend op school kwamen. Toen ik in de klas op mijn stoel plofte, wilde ik niets liever dan in elkaar zakken en bidden dat de gigantische cappuccino die ik onderweg achterover had geslagen, snel zijn verkwikkende werk zou doen. Bryan Gilson had blijkbaar een snellere stofwisseling dan ik, want hij was klaarwakker en stond zich al te verkneukelen: 'Zo, heb je gisteren een leuke avond gehad met Sarah? Je staat bij me in het krijt, maat. Elke dag liep je kwijlend als een hondje achter Laurie aan te rennen. Ik kon het niet langer aanzien. Iemand moest actie ondernemen en een vrouw voor je regelen. En iemand moest Laurie in bescherming nemen, zodat ze niet jouw zielige uitnodiging zou hoeven afslaan, want dat zou te pijnlijk zijn geweest. Tenminste, als je eenmaal het lef had gehad om je als een man te gedragen en haar te vragen. Daarom heb ik mijn vriend Bradley erbij gehaald om haar uit de brand te helpen. Dus nu kunnen jij en de ninja-meesteres rustig bijkomen en weer gewoon vrienden zijn. Wat wil je nog meer?'

Laurie kwam het lokaal binnen. Ze gleed als een balletdanseres achter Bryan langs en leunde voorover naar mij. Ze sloeg van achteren haar armen om mijn hals en kuste me op mijn hoofd. 'Mmm,' bromde ze tevreden. 'Je ruikt naar vanille. Hoe was jouw zeer korte nacht, schat?'

NU was ik wel wakker. Gezien het feit dat er gisteravond na

het ziekenhuis niets meer was gebeurd, behalve een van onze gebruikelijke drie uur durende gesprekken in de vrieskou bij mij in het portiek, terwijl we in de gaten hielden of mijn moeder al thuiskwam, was dit nieuw voor mij. Bryan kon niet zien dat Laurie met haar sterke vechtvingers in mijn buik stond te porren. Maar ik voelde het wel. En bij hoge uitzondering begreep ik de hint. 'Heerlijk, lieverd. Ik heb de hele nacht over je gedroomd.'

'Mmmm… dat was geen droom, lieverd. Het was een telepathische belofte.'

Heb je ooit gepingpongd terwijl er een kat zat te kijken? Ze zitten met hun ogen pal op het net en kijken in opperste verbazing hoe de bal heen en weer pingt en pongt. En telkens als er een nieuwe rally begint zijn ze opnieuw verbaasd, alsof het een bijna ondraaglijk mirakel is dat deze holle plastic bol NOGMAALS voor hun ogen zigzagt. Nou, zo zou je dus de blik van Bryan kunnen omschrijven, toen hij probeerde om chocola te maken van onze uitwisseling van woorden.

Toen ging de bel. Laurie kneep in mijn arm, stootte me even aan met haar heup en knipoogde. Daarna schoot ze langs Bryan de deur uit. Ik liep samen met hem de gang in, terwijl hij geluiden uitstootte die zo ongeveer klonken als: 'Wa-huh? Ummm-urk. Lau-jij-ik-huh? Ugg.'

Ik zei: 'Jep, je hebt me inderdaad een dienst bewezen. Bedankt, vriend. Weet je, ik vind het geweldig dat je nu zo ontspannen met me omgaat dat je misschien eindelijk je innerlijke holbewoner durft te laten zien.'

En toen viel er een schaduw over ons heen. Brad! Ongelofelijk! Naast hem leek zelfs Bryan een dwerg. Als ik altijd al had willen weten wat een astronaut moet voelen als hij de donkere kant van de maan bereikt, en ziet hoe de aarde plotseling voluit in beeld komt, dan wist ik het nu. Hij legde zijn hand op mijn schouder, en als ik nog geen knikkende knieën had gekregen van Lauries avances, dan werden ze nu alsnog slap onder het massieve gewicht van zijn lichaam. Zijn enorme hoofd was maar een paar centimeter van het mijne verwijderd. En er lag een gestoorde grimas op zijn gezicht. 'Hé, Gregory!'

Woea, dacht ik, *nu komen we bij het moordgedeelte van deze ochtend.*

Maar toen drong de vreemde werkelijkheid tot me door: de verwrongen grijns op zijn gezicht was het resultaat van een honkballerspoging tot glimlachen. Hij bulderde: 'Bedankt!' En ik zag dat hij onder zijn andere mammoetpoot een tenger figuurtje vastklemde met bruin haar aan de bovenkant.

De stem van Brads nieuwe vriendinnetje echode onder zijn rechteroksel vandaan: 'Ja, Awex, begangk!'

Toen we na schooltijd naar huis liepen was Laurie in een uitbundige stemming. 'Zag je hoe ik Bryan te pakken had? Hij denkt echt dat we gisteravond gezoend hebben!'

Ja, natuurlijk. Haar act was zo goed gelukt dat ik zelf ook twijfelde of ik het alleen maar wilde of echt geloofde. Maar als zij er luchtig over deed, dan kon ze het krijgen ook, dus deed ik nog luchtiger: 'Ja, we zijn een perfect team. We zouden geheim agent moeten worden. Dan ben jij de dodelijke vechtsporthuurmoordenaar...'

'Ja, gaaf! Ik ben gek op die strakke zwarte kevlar-pakken.'

'Ja, ik ook. En dan ben ik de... uh...'

'Licht gestoorde ex-crimineel? Liftsaboteur? Dronken vluchtchauffeur? Tuinkabouter Terminator?'

Echt, als je zo'n spannend leven hebt als ik, heb je helemaal geen cafeïne nodig.

16 februari

Geachte rechter Trent,

Ik realiseerde me zojuist dat ik nooit meer verslag heb uitgebracht van het grote concert in het tehuis. De aanwezigen hebben een fantastische avond gehad en velen roemden het voortreffelijke gitaarspel.

Niet mijn gitaarspel, overigens. De grote verrassing van de avond was mijn vriend Solomon Lewis, die vroeger gitarist van beroep blijkt te zijn geweest. Hij heeft het spelen vele jaren geleden afgezworen omdat hij zichzelf de schuld geeft van een auto-ongeluk waarbij alcohol in het spel was, en waarbij zijn vrouw om het leven is gekomen. Het is echt heel triest en ik begin een beetje te begrijpen waarom meneer Lewis soms zo verbitterd kan zijn. Hij heeft een volwassen dochter die ergens advocaat is, en zij praat niet meer met hem. Het is echt een vreselijk verhaal, ook omdat hij helemaal niet bij zijn vrouw in de auto zat toen ze verongelukte, maar op de een of andere manier is het toch zijn schuld.

Ik denk dat ik in zijn situatie ook wel prikkelbaar zou zijn.

Hoe dan ook, we hebben meneer Lewis de gelegenheid gegeven om mee te spelen tijdens het concert. Het gaf me een heel goed gevoel om te zien dat hij de mensen op zo'n positieve manier kon vermaken, zeker gezien het feit dat hij nu in het ziekenhuis ligt met een longontsteking. Misschien was dit wel zijn laatste kans om gitaar te spelen voor publiek, en ik ben er trots op dat ik dit voor hem heb kunnen doen.

Hoogachtend,

Alex Gregory

19 februari

Beste Alex,

Ik ben blij dat het evenement een succes was. Wat je hebt ontdekt over het verleden van je cliënt, vind ik erg interessant. Misschien ben je, gezien de aard van jouw overtreding, wel met opzet aan meneer Lewis toegewezen, zodat jullie iets van elkaar konden leren. Want dat is waar het Full Circle-programma uiteindelijk om draait.

Ga zo door en blijf me op de hoogte houden van je vorderingen.

Met vriendelijke groet,

Rechter J. Trent

DE MISSIE

Later die week kwam Sol met een plan om me te helpen. Hij was weer terug in het tehuis en barstte van de energie na zijn longontsteking. 'Hé Alex, je hebt een tijd geen gitaar meer voor me gespeeld.'

'Weet je, Sol, dan kun je nog lang wachten. Ik kan echt niet meer voor je spelen sinds je me hebt afgetroefd op het podium. Dat zou nergens op slaan.'

'Nergens op slaan, schijt aan. Weet je wat nergens op slaat? Stoppen als je goed bezig bent.'

'Ik stop ook niet, ik speel alleen niet hier. En trouwens, ik ben niet goed bezig, ik ben middelmatig bezig. *Jij* was goed bezig. En nu we het er toch over hebben: *jij* bent gestopt.'

'Ben ik daarvoor thuisgekomen uit het ziekenhuis? *Boychik*, ik ga hier echt geen ruzie over maken met jou. Ik probeer je alleen maar te helpen, ik doe je een aanbod, zodat je je leven zin en een doel kunt geven. Dus hang hier nou niet de hele tijd rond als een *sjmegegge* die te veel drinkt, auto's steelt en god weet wat voor andere dwaze relschoppersstreken uithaalt.'

'Wauw, ik ben blij dat je geen ruzie zoekt. Maar wat zei je nou precies over helpen?'

'Luister goed, bijdehandje. De volgende keer dat je langskomt, neem je je gitaar mee en dan leer ik je wat dingen die je moet weten. Die ga je dan thuis oefenen, en dan kom je weer hier voor de volgende les. Als je er echt voor gaat en je niet laat afleiden – bijvoorbeeld door alles achterna te lopen wat een rood jurkje aanheeft – denk ik dat je in zes weken klaar bent voor je volgende concert.'

'Welk volgende concert?'

'Nou, het concert dat ik in april ga organiseren.'

'April? Ik weet niet eens of de andere muzikanten dan wel kunnen.'

'Bedoel je Steven en Annette? Die heb je net gemist, gisteren. Ze zijn langs geweest nadat jij was vertrokken, en we hebben een datum geprikt voor jouw volgende optreden. En ik wil je verder met niemand vergelijken of zo, maar Annette had een heerlijke vruchtencake meegebracht. En jij? *Boepkes.*'

'Jij bent echt niet te geloven, Sol!'

'Wat nou? Het is toch zo? Wanneer heb jij voor het laatst iets lekkers voor me meegebracht? Ik verwacht niet veel, maar zo af en toe wat koek of gebak zou een aardig gebaar zijn.'

'Ik heb het niet over die vruchtencake. Ik vind het niet te geloven dat je dit allemaal hebt geregeld zonder mij iets te vragen.'

'Ik vraag het wél! Natuurlijk vraag ik of je de volgende keer misschien ook wat koekjes mee wilt brengen, maar maak ik wel een kans?'

'Jij vraagt me helemaal niets. Jij beveelt het me. En het antwoord is nee. Ik ga echt niet nog een keer voor paal staan.'

'Weet je wat, gevoelig ventje? In de tijd dat ik nog moest doorbreken was dat heel normaal. Als iemand een modderfiguur sloeg op het podium, dan ging hij naar huis om te oefenen. Daarna ging hij oefenen. En vervolgens ging hij nog meer oefenen. En daarna ging hij het podium weer op en misschien, heel misschien, was hij er de tweede keer wel klaar voor. Dus wat wordt het? Ga je voor eeuwig in een hoekje zitten janken, of gedraag je je als een vent en neem je een paar gratis gitaarlessen?'

'Weet je wat, Sol: ik doe mee aan het concert...'

Er brak een glimlach door op zijn rimpelige gezicht.

'... op voorwaarde dat jij met me meespeelt. Dus wat wordt het: terug in het zadel? Kan ik op je rekenen?'

Sol dacht erover na tijdens een tamelijk heftige hoestbui. Nadat hij even had gespuugd, wat had gedronken en een paar keer heel langzaam adem had gehaald, kreeg ik antwoord. 'Ik zal JOU eens wat vertellen, *boychik*. Ik zie je over twee dagen. Neem je gitaar mee, wat bladmuziek en misschien ook wat lege vellen papier. En als het niet te veel moeite is, graag ook iets lekkers.'

* * *

Toen ik thuiskwam, stond mijn vader in de keuken met een schort voor. Hij stond te koken voor mijn moeder. Toen ik vroeg of hij nu officieel weer bij ons was ingetrokken, lachte hij. 'Ik weet het niet, knul. We proberen het rustig aan te doen en niet te hard van stapel te lopen, maar ik denk dat de tijd zo ongeveer rijp is om weer onder één dak te wonen. Hier, proef eens.'

'Wat is dat?'

'Alfredo. Een romige kaassaus.'

'Sinds wanneer weet jij hoe je überhaupt IETS moet klaarmaken, laat staan een "romige kaassaus"?'

'O, kom op, Alex. Een mens kan veranderen, oké? Proef het nou maar.'

'Ik weet het niet, pa. Ik heb me al een keer gebrand.'

'Hmm, hoor ik daar een rancuneus metafoortje?'

'Nee, het is gewoon een uitspraak waarmee ik duidelijk maak wat er soms met mijn gehemelte gebeurt als ik heet voedsel tot me neem.' Ik trok een vies gezicht en nam een minihapje van de houten lepel die pa voor mijn neus hield. 'Hé, niet slecht. Misschien kan een oude hond toch nog nieuwe kunstjes leren.'

'Of nieuwe recepten. Ik doe er nog wat meer Parmezaanse kaas bij, zet het vuur nog ietsje hoger en...'

Op dat moment hoorden we een enorm kletterend lawaai

boven, gevolgd door een doordringende gil van mijn moeder. Ik stormde de trap op, achter pa aan, die de lepel nog in zijn rechterhand had. Hij was klaar om in actie te komen, als een echte chef. 'Wat is er, Janet?'

Ze stond bij een verbrijzeld fotolijstje en zoog op haar duim. 'O Simon, kijk nou! Ik wilde onze trouwfoto weer ophangen. Ik vond dat dat wel weer kon. Maar toen sloeg ik met de hamer op mijn duim en liet alles uit mijn handen vallen. Het lijstje is gebroken en de foto zal wel gescheurd zijn. Ik durf me niet te bewegen. Wil jij even kijken?'

Pa gaf de lepel aan mij en graaide op handen en knieën tussen de glasscherven. De foto lag ondersteboven tegen ma's blote voet aan. Pa pakte hem voorzichtig op en ik zag dat de foto zelf er prima uitzag. Maar in ma's voet zat een afschuwelijke snee. Nu was ma verpleegkundige, dus zodra er een bloedende wond in het spel was, nam ze meteen de leiding. 'Simon, til me op. Nee, onder mijn armen. Draag me maar naar het bed. Alex, sta daar niet te staan. Pak de stofzuiger en een vuilnisbak en haal die glasscherven daar weg. Oké, Simon, kijk uit voor de sprei. We hebben, uh, twee handdoeken nodig, en wat verbandgaas.'

Terwijl pa en ik rondkropen alsof we paaseieren zochten, zat ma ineengedoken op het bed en hield een prop tissues op de gutsende snee in haar voet. 'Dit moet gehecht worden. O Simon, het spijt me enorm. Ik heb onze foto vernield en jouw geweldige diner verpest.'

Hij kwam de kamer weer in gesneld en bond heel voorzichtig, o zo voorzichtig, wat verbandgaas om haar voet. 'Geeft niks, Janet. Wat kapot is, kan weer gemaakt worden. Ik ben blij dat ik hier ben en dat ik je kan helpen.'

O, wat akelig romantisch. Bloederig, maar akelig romantisch.

Drie minuten later waren Schortmans en Hinkepink op weg naar het ziekenhuis. Ik voelde ineens hoeveel honger ik had en ging naar de keuken. Daar rook ik een bittere geur. En toen ik het deksel van pa's creatie optilde, kreeg ik een bijtende bruine rookwolk in mijn gezicht.

Ik kon aan de rechter vertellen dat ik weer een les had geleerd: je hebt mensen die romantiek op hun pad vinden, en mensen die het met een verkoolde maaltijd moeten doen.

THE SAINTS GO MARCHIN' IN

'Nee, nee, Alex! Jazz moet swingen. De hele tijd swingen.'

'Maar dit is een droevig lied.'

'Nog meer reden dus om het te laten swingen. Luister, weet jij hoe de jazz is ontstaan? Als begrafenismuziek. Als er in New Orleans iemand doodging, dan liep de hele stoet op weg naar de begraafplaats achter een orkest aan dat droevige nummers speelde. Maar op de TERUGWEG speelde het orkest snelle, vrolijke nummers. En dan dansten de mensen erachteraan. Zelfs bij een treurmars moet jazzmuziek dansen. Heb je "When the Saints Go Marching In" wel eens gehoord?'

'Uh, kweet niet zeker.'

Sol reikte naar mijn gitaar en ik gaf hem aan hem. Ik was wel toe aan een pauze. Vandaag was mijn eerste officiële gitaarles en hij had me eerst een paar nieuwe toonladders geleerd. Toen ik die een minuut of twintig had gespeeld, had hij wat vingeroefeningen voorgedaan, een paar nieuwe akkoorden en nu dus een heel nieuw lied. Mijn vingers voelden alsof ze elk moment konden verschrompelen en afsterven, en ik had het gevoel dat ik nog niets goed had gedaan.

Hij pakte de gitaar en speelde een eenvoudige, korte melodie, eerst zonder enige beat erin. Dat klonk zo:

Ding-ding-ding-ding.

Dit was echt het meest afgezaagde dat ik ooit had gehoord. We zaten hier toch niet in Sesamstraat of zo? Toen speelde Sol nogmaals de melodie, maar nu met een swing erin:

Ding-a-ding-a-ding-ding.

Dat begon al iets lekkerder te klinken. Daarna speelde hij de akkoorden op de lage snaren en de melodie op de hoge, allemaal tegelijk. En plotseling klonk het zo ritmisch dat ik niet stil kon blijven zitten. Toen speelde hij het nog een keer, maar voegde nu een vraag-en-antwoord-spel toe. Ik zat erbij te drummen op mijn knieën en lachte:

Dinga-dinga-ding-ding. (dinga-dinga-ding-ding.)

Ten slotte speelde hij alleen de akkoorden, maar zong de woorden erbij EN echode het antwoord op de hoge snaren:

Oh, when the saints (dinga-dinga-ding-ding.)
Go marching in (dinga-dinga-ding-ding.)
Oh, when the saints go marching in,
(tie-die-die-doebie-doe-waa)
Oh how I want to be in that number,
when the saints go marchin' in.

Toen hij stopte was hij compleet buiten adem. Claudelle stond in de deuropening te applaudisseren, maar hij was zo met zichzelf bezig, althans met zijn adem, dat hij het niet merkte. Ze zei tegen mij, zo zacht dat Sol het niet kon horen: 'Hij klinkt goed. Maar dat zal hem steeds meer moeite gaan kosten. Houd hem in de gaten en probeer hem maar een beetje te ontzien, want anders loopt hij binnen de kortste keren *echt* tussen de heiligen.'

Onderweg naar mijn derde of vierde les realiseerde ik me iets wat ik natuurlijk veel eerder had moeten bedenken: we hadden één gitaar en twee gitaristen. Hoe konden we dan ooit samen optreden tijdens het concert? Ik bedacht een plan en vertelde het meteen aan Sol. 'Hé Sol, moet je horen. We hebben een probleempje, maar ik denk dat ik het al heb opgelost.'

'JIJ hebt iets opgelost? DAT moet ik horen.'

'Hah hah. Kijk, wij zijn met z'n tweeën, maar er is maar één gitaar. Dat is naar mijn gevoel een iets te grote uitdaging voor ons duetaandeel in het programma.'

'Dus speel ik niet mee. Dat is goed, hoor, *boychik*. Ik ben toch heel erg moe de laatste tijd.' Dat was inderdaad waar.

'Nee, jij speelt wel mee. Dit is mijn plan: mijn honderd uren verplichte maatschappelijke dienstverlening zitten er bijna op. Daarna mag ik de vijf dollar per uur die ik hier verdien, zelf houden. Ik was van plan om voor een auto te gaan sparen, maar zoals iedereen weet, heb ik daar, dankzij mijn geniale actie, nog wel een paar jaar de tijd voor. Daarom heb ik een schema gemaakt, en als ik Annette en Steven zover kan krijgen dat ze af en toe hier willen repeteren, kan ik de komende weken ongeveer driehonderd dollar verdienen. Daarvan koop ik een goedkope tweedehands jazzgitaar. Daar speel ik dan op, en jij neemt mijn Telecaster. Je hoeft me, ahum, niets terug te betalen of zo. Zie het maar als een bijdrage aan jouw fantastische gitaarlessen. Ik ben nog nooit in mijn leven zo snel vooruitgegaan.'

'Wacht eens even, meneer Ahum. Hoor ik jou nou zeggen dat jij op een oude, gebruikte en roestige gitaar gaat spelen en je prachtige Telecaster aan mij uitleent? Weet je dat echt zeker?'

'Ja, Sol, ik weet het zeker. Hoezo?'

'Wacht, wacht. Weet je ZEKER dat je het zeker weet? Jij speelt op een oud lor, ik speel op de Tele, en je bent ook nog bereid ervoor te betalen?'

'JA, dat zeg ik.'

'Hmmm. Heb jij die sleutel nog die ik je heb gegeven?'

'Ja, die heb ik aan mijn sleutelbos.' Ik haalde hem tevoorschijn. 'Kijk maar.'

'Oké, Alex, het is nu tijd voor mijn ademtherapie. Als jij nu eens naar de bergkasten aan het eind van de gang loopt. Die sleutel past op mijn kast, nummer drie-vierenveertig. Net als mijn kamernummer. Wat je daar vindt, neem je mee naar mijn kamer.'

'Ligt er maar één ding in die kast, of krijg ik nog te horen waar ik precies naar moet zoeken?'

Toen de ademtherapeut het maskertje aan zijn hoofd bevestigde, zei Sol: 'Dat zie je meteen, *boychik*. Geloof maar dat je dat meteen ziet.'

Ik ging op weg. Ik liep door de gang, ging de hoek om en maakte een praatje met de zusters. Ik kocht een reep en kletste even met mevrouw Goldfarb. Het was slopend, want ik was nogal zenuwachtig over wat ik in die kast zou aantreffen. Maar toen ik zag dat de therapeut Sols kamer verliet, kon ik het niet langer uitstellen. Ik liep door de lange gang naar de kast, en had geen idee wat erin zou liggen. Een bak water die ik op mijn hoofd zou krijgen zodra ik de deur opendeed? Een taartengooiend mechanisme met een springveer? Ik had ernstig het gevoel dat er een GOTCHA aan zat te komen, al had Sol niet echt het gebruikelijke triomfantelijke, zelfgenoegzame lachje op zijn gezicht gehad. Ik liet de sleutel in het slot glijden, haalde diep adem en draaide hem om. Het slot knarste. Het was duidelijk dat hier lange tijd niemand in was geweest. Goed, dat betekende in elk geval dat de taartengooier waarschijnlijk geen realistische dreiging was. Toen ik de deur opendeed, was er niet veel te zien, alleen een paar grote dozen, met daarop PLATENCOLLECTIE, FAMILIEFOTO'S, MUZIEKFOTO'S en JUDY. Maar toen ik de bovenste doos een beetje opzij schoof, zag ik achter de stapel een zwart ding omhoog steken, een ding met een bekende vorm. Het was een heel erg stoffige gitaarkoffer. Ik tilde hem omhoog, over de dozen heen, bijna stikkend in het stof, en zette daarna de stapel dozen weer recht. Toen ik de kast weer afsloot en terugliep naar Sols kamer, stikte ik van nieuwsgierigheid naar de inhoud van de koffer. Maar ik stikte ook bijna door een plotselinge allergie-aanval, dus daarom stopte ik even bij de zusterpost en stofte de buitenkant van de koffer af met een schoonmaakdoekje dat ik van Juanita kreeg. De verrassing zou haar uitwerking missen als Sol door het stof zou bezwijken.

Sol zat in zijn bed in zijn inmiddels bekende houding, maar op de een of andere manier zag het er nu anders uit. Hij leek langer, rechter, alerter. En ik besefte dat hij de gitaar in deze koffer heel graag weer wilde zien. Ik zette hem op het bed, met de sloten naar hem toe. Hij draaide hem om naar mij. 'Maak jij hem maar open, *boychik*. Ik weet al wat erin zit.'

Klik. Eén slot. Klik, het tweede. Klik, nummer drie. Ik probeerde het dekstel open te zwaaien. Ah! Dit was zo'n ouderwetse koffer met nog een extra slot aan de onderkant. Klik. Diepe zucht van mij. Lichte zucht van Sol. Langzaam probeerde ik nogmaals het deksel omhoog te doen. Ik kneep mijn ogen tot spleetjes zodat ik niet alles in één keer zou zien. Maar ik wist dat ik naar een speciaal instrument zat te kijken. De klankkast was gemaakt van glanzend, blank hout, met een roomkleurige binding langs de rand en rond de f-gaten. De hardware was goudkleurig, met zo'n decoratief harpvormig staartstuk dat je soms ziet bij gitaren in heel oude films. De hals was letterlijk een kunstwerk, met prachtige, schuin aflopende, evenwijdige parelmoeren inlays op de eerste, derde, vijfde en zevende fret. Op de kop van de gitaar stond in fraaie, sierlijke letters 'D'Angelico', tegen een uitbundig versierde achtergrond in art-decostijl. Op de twaalfde fret stond één woord, ingelegd met glanzende letters van parelmoer: GOTCHA!

Mijn stem trilde: 'Sol, is dit wat ik denk dat het is?'

'Wat denk je nou, dat ik gedachten kan lezen? Als je denkt dat het een broodrooster is, heb je het fout. Maar als je denkt dat dit een zeer kostbare D'Angelico-archtop is, model New

Yorker uit 1954, met handgemaakte inlays, dan ben je slimmer dan je eruitziet.'

'En moet ik hierop SPELEN?'

'Alex, hij is van jou. Je kunt hem ook onder je voeten binden en ermee gaan snowboarden als je daar zin in hebt, al zou ik dat persoonlijk wel zonde vinden.'

'Waarom ik?'

'Omdat je je Telecaster aan mij hebt gegeven en je volgende maand niet met een wasbord op het podium kunt verschijnen. Dus nu heb je een echte jazzgitaar.'

'Maar ik ben geen echte jazzgitarist.'

'Nou, daar ga je dan maar aan werken. Of je wacht tot ik dood ben en dan verkoop je het ding en betaalt van de opbrengst twee jaar collegegeld. Wat je maar wilt. Nou, stem dat ding, dan kunnen we aan het werk.'

Allemachtig! Krijg nou de...! Mijn handen begonnen te trillen, maar ik pakte de D'Angelico, ging in de grote stoel zitten en begon hem te stemmen (de gitaar, niet de stoel). Ondanks de tientallen jaren oude snaren klonk het ding als een hemels engelenkoor. Nou ja, een hemels engelenkoor zonder muzikaal gehoor, althans tot ik klaar was met stemmen. Toen alles goed klonk, speelde ik een paar akkoorden. En toen nog een paar. En toen een riedel met enkele noten. En toen een stukje van de vraag-en-antwoord-melodie die Sol net had voorgespeeld. Ik keek op en Sol grijnsde van oor tot oor, maar zijn ogen waren vochtig. Hij bromde: 'Dat stuk hout klinkt niet beroerd, hè? Denk je dat je ermee uit de voeten kunt?'

'Zal wel lukken, denk ik.'

'Goed. Laat nou eens horen hoe het gaat met die akkoordwisselingen die we de vorige keer hebben geoefend. En vergeet niet je rechterpols te ontspannen. Als je de swing kwijtraakt, maak je niemand blij, al speel je op een gitaar van massief goud met diamanten inlays. Oké, daar gaat-ie. Eén-twee-drie-vier!'

ADEMARbEiD

Toen ik de volgende keer bij Sol kwam, had ik wat voor hem meegebracht, maar hij was niet in zijn kamer. Leonora liep langs en kwam naar me toe. 'Hallo Alex. Ik heb je een tijd niet gezien, maar ik heb gehoord dat jij en meneer Lewis van gitaar hebben geruild. Als iemand mij drie maanden geleden had verteld dat ik de dag zou meemaken waarop Sol zijn spullen met anderen zou gaan delen, zou ik het niet geloofd hebben. Jullie hebben wel een heel speciale band. Petje af hoor, jongen.'

'Dank je. Uh, waar is hij?'

'Bij de dokter voor een paar onderzoeken. Het wordt steeds lastiger om zijn CHF onder controle te houden, vandaar dat er veel overleg plaatsvindt tussen de medische staf hier en de cardiologen in het ziekenhuis.'

'CHF?'

'Chronisch hartfalen. Hij doet het opvallend goed voor iemand met zo weinig longcapaciteit, maar zijn emfyseem is wel terminaal.'

Plotseling kreeg ik een brok in mijn keel, alsof een haatdragend iemand er stiekem met een kippenbotje en superlijm in de weer was geweest. 'Ja, ik weet dat hij er niet best aan toe is. Komt... wanneer... wanneer komt hij weer terug?'

'Over een uur of zo, zeker niet eerder. Als jij nou eens in zijn kamer gitaar gaat spelen? Dan kun je indruk op hem maken als hij terugkomt. En weet je, hij geniet zo van jouw aanwezigheid.'

'Vast. Dank je wel, Leonora.' Ze beende weg om iemand anders depressief te gaan maken, en ik liep naar Sols bergkast om de gitaar te pakken – ik kon het nog niet over mijn hart verkrijgen om van MIJN gitaar te spreken. Ik reikte naar het handvat van de koffer, maar greep mis. De stapel dozen wiebelde, kantelde en stortte omlaag, nadat ik met een spectaculaire duik de gitaarkoffer had gered voordat die de grond raakte. Daarna zat ik eerst een paar minuten naar adem te happen in de grijze stofwolk die ik had veroorzaakt. Toen ik een keer of duizend had geknipperd, waren mijn ogen weer schoon genoeg om te kunnen zien. Ik stond midden in een berg losse foto's. Het was me snel duidelijk dat ik voorlopig niet aan spelen toe zou komen, want ook zonder astma-aanval in deze allergieopwekkende atmosfeer zou het wel even duren voordat ik alle foto's weer had teruggestopt in de omgevallen doos waar JUDY op stond. Ik ging op de grond zitten, waarbij ik nog een paddenstoelwolk veroorzaakte, en begon de grote teleurstelling van Solomon Lewis te sorteren.

Een uur later zat ik in Sols kamer en speelde wat willekeurige bluesakkoorden op mijn Tele. Het leek mij een soort heiligschennis om deze sombere rauwe bluesmuziek op Sols D'Angelico te spelen; alsof je met waterverf de Mona Lisa zou overschilderen. Intussen probeerde ik te verwerken wat ik in de 'Judy-doos' had aangetroffen. Ik kon me maar moeilijk voorstellen hoeveel pijn Sol al had moeten doorstaan in zijn leven. En voor het einde zou komen, zou de pijn nog erger worden.

Toen hij naar binnen werd gereden, was zijn huid zo bleek als havermoutpap, en zijn borst was helemaal opgezwollen. Hij grijnsde naar me, een beetje afstandelijk. Je kon gewoon zien dat het hem moeite kostte. Zijn stem klonk ruisend en raspend tegelijk. 'Zo *boychik*, vanwaar die blues? Heeft die rottige waardeloze mevrouw Ahum je weer slecht behandeld?'

'Nee, ik zat na te denken. Hoe voel je je? Je ziet er moe uit.'

'Ach, je kent dat wel. Ik heb mijn goede en mijn... minder goede dagen. Vandaag staat niet bepaald in mijn top tien.'

'Kijk, ik heb iets voor je meegebracht.' Ik pakte de twee

rollen bruin-met-witte chocoladekoekjes onder mijn stoel vandaan, maar hij keurde ze amper een blik waardig.

'Leg maar ergens neer. Misschien krijg ik... straks... wel honger.'

'Geeft niet, Sol. Waar wil je vandaag met me aan werken?'

Hij lag helemaal achterover in bed en terwijl hij mijn vraag overdacht, hoorde ik hoe de lucht reutelend en fluitend door zijn longen cirkelde. Deze man lag haast te stikken, terwijl zijn geniale beschermeling hem koekjes aanbood. 'Zoals ik al zei ben ik nu moe. Speel gewoon... iets leuks voor me. Goed?'

Dus ik speelde en speelde: hele nummers, halve nummers, akkoordenreeksen, alles wat er onder mijn vingers ontstond. Sols gehijg klonk eerst per minuut luider, maar daarna werd zijn adem zo zwak dat ik bijna wilde stoppen met spelen om aan zijn pols te voelen of ik hem met mijn spel niet het hiernamaals in had gevoerd. Op een gegeven moment kwam Claudelle binnen en ging naast me staan. Ze legde haar hand op mijn schouder en gebaarde met haar andere hand naar de deuropening. 'Kom nu maar mee naar buiten, lieverd,' fluisterde ze. 'Je vriend moet uitrusten.'

In de gang kon ik alleen maar uitbrengen: 'Waarom klinkt zijn ademhaling nu zo hard? En waarom ziet hij er zo opgezwollen uit?'

Claudelle zuchtte voor ze antwoord gaf: 'Ademarbeid, Alex. Zo noemen de doktoren het, "ademarbeid". Bij jou en mij doen de longen hun werk zoals het hoort. Dat ziet er niet moeilijk uit. Maar bij iemand als Sol zit er zoveel littekenweefsel in de longen, en zijn ze zo opgezwollen aan de binnenkant, dat hij echt moet *werken* voor zijn zuurstof.'

'Altijd? Elke keer dat hij inademt? Waarom nu?'

'Ach, lieverd. Jouw vriend is een ouwe taaie, een vechter. Maar je ziet hoeveel moeite het hem kost. En niemand vecht voor eeuwig. Niemand.'

Ik moest hier weg, dus ik vertrok. Ik had Laurie nodig, dus

ik ging naar haar huis. Haar vader deed open en waarschuwde me: 'Hare Majesteit heeft zich net in haar koninklijke slaapvertrek teruggetrokken. Ze is in een *heftige* bui, Alex. Ze heeft vandaag echofoto's van haar moeder gekregen en die heeft ze verscheurd tot kleine zwart-witte confettisnippers. Van mij mag je naar boven, maar ik denk dat ik voorlopig uit Lauries buurt blijf, tot ze een jaar of dertig is. Ik heb allerlei geluiden gehoord, van brekende planken en zo.'

'Nou, ik denk dat het heel gezond is als ze haar agressie afreageert op haar karatemateriaal, meneer Flynn.'

'Ik ook, Alex. Ik wou alleen dat ze karatemateriaal *in huis* had.'

'O. Uh, nou, dan ga ik maar naar boven, denk ik.'

'Goed jongen. En mocht het daarboven... verkeerd aflopen, dan wil ik nu vast zeggen wat een geweldig joch ik je vond... ik bedoel, vind.'

Is die man een toffe peer of niet?

Ik luisterde een poosje aan Lauries deur en hoorde geen opvallend gevaarlijke geluiden, dus ik klopte aan. Ze gromde iets wat ik maar als een uitnodiging opvatte, en ik ging de Kamer van Dood en Verderf binnen. De kamer leek inderdaad een slagveld, maar ik negeerde de wrakstukken, althans de nietmenselijke wrakstukken. Laurie lag opgerold op haar bed met een prop tissues in haar ene hand en een verkreukeld stuk papier in de andere. Ze huilde niet echt, maar bevond zich nog in die snotterende post-huilfase. Ik veegde een vochtige tissueprop van het bed en ging bij haar knieën zitten. Ik gaf haar zo'n suf klopje, zoals een ouderwetse plattelandsdokter in films wel eens doet, als hij gruwelijk nieuws komt brengen, en ze keek me aan met roodomrande ogen.

'Ze gaat die baby echt krijgen, Alex. Ze gaat hem echt uitbroeden. Kijk nou!' Ze vouwde het stuk papier open en wapperde ermee in mijn gezicht. Het was de echofoto waarover haar vader het net had gehad.

'Hé, volgens je vader had je die foto verscheurd.'

'Hij overdrijft altijd zo. Dan heeft hij je zeker ook verteld dat ik bezig was om de boel hier af te breken?'

Ik keek naar de neergesmeten laden, de cosmetica-artikelen die overal rondslingerden en de gigantische diagonale scheur in het voeteneinde van haar bed. Ik trok een wenkbrauw op.

'Nou, dat van die stomme foto was in elk geval overdreven. Ik heb alleen de envelop verscheurd en het schattige, irritante kaartje dat ze erbij had gedaan.'

Ik pakte de echofoto, en zag eigenlijk alleen een soort radarbeeld van een ruimtewezen. Het vreemde wezentje had een gigantisch hoofd, een piepklein lijfje, kleine slappe armpjes en opgerolde beentjes. En bij nadere inspectie ontwaarde ik ook nog een staart.

'Woea,' schreeuwde ik, 'Aap Alarm!'

'Heeft-ie vast van zijn vader.'

Ik boog me over Laurie heen en bestudeerde haar achterkant. 'Klopt, jij blijkt staartvrij te zijn.'

'Fijn dat je het ziet.'

Plotseling kon ik niet meer op het bed blijven zitten, dus ik begon te ijsberen, wat nog niet meeviel in een kamer van nog geen twee en een halve meter lang, waarvan de vloer bezaaid was met objecten van uiteenlopende omvang. 'Dus...uh... zo te zien ben je er nogal kapot van. Maar waarom nu? Je wist het toch al een tijdje?'

'Weet ik, maar... door die foto en dat kaartje wordt het ineens zo *echt*. Alsof dit nieuwe mensje er echt gaat komen, en dan mijn halfzusje wordt, en mijn moeders volle dochter, zodat ik straks nog maar haar halve dochter ben.'

'Uh, Lau, weet je nog dat ik voor de eindtoets van wiskunde een beter cijfer had dan jij? Volgens mij ben jij bij het onderdeel logica de mist in gegaan.'

'Uh, Alex, weet je nog van toen we elf waren, en jij probeerde om die enorme mierenhoop op te blazen met rotjes, en dat je toen al die mieren over je heen kreeg, die je overal gingen bijten, en dat je toen drie dagen in het ziekenhuis hebt gelegen? En dan durf jij het woord logica in de mond te nemen?'

'Ja oké, maar dat kwam doordat het blik met insectenverdelgingsmiddel te laat ontplofte. Ik wil alleen maar zeggen dat je nog steeds een volle dochter van je moeder bent. Ze heeft je toch gevraagd om van de zomer te komen logeren? Dat zegt toch wel iets?'

'Ja, dat zegt mij dat ze naar *Assepoester* heeft gekeken, en dat ze dus heel goed weet hoe ze aan een goedkope arbeidskracht kan komen. Misschien ga ik wel helemaal niet.'

'Ik weet het niet, hoor, Lau. Ik heb het gevoel dat ze zich juist voor je openstelt. Als je niet gaat, ben je dan niet bang dat je al je schepen achter je verbrandt?'

'Misschien *wil* ik dat juist wel. Dan kan ze me tenminste niet meer jarenlang als een vod behandelen!'

Om haar woorden kracht bij te zetten gaf ze een enorme trap tegen het voeteneind, waardoor de gigantische scheur in het hout nog groter werd. Ik beende met grote passen naar haar toe, voor zover dat mogelijk was in deze omstandigheden, en legde mijn hand op haar schouder. In haar ogen schitterde een soort prisma, door opwellende tranen die nog net niet begonnen te vloeien. Zo zaten we een tijd te zwijgen, tot ik me te ongemakkelijk begon te voelen bij de stilte.

'Weet je, ik vind gewoon dat ouders en kinderen met elkaar moeten praten, meer niet.'

Ze staarde alleen maar, dus ik ging verder met het doorbreken van de stilte. 'Ik was vandaag bij Sol, maar hij... hij was er niet, dus ik ging naar zijn bergkast. Je weet wel, waar ik toen die gitaar vandaan heb gehaald. Want ik wilde er weer op gaan spelen. Maar toen liet ik alles omvallen, nou ja, behalve de gitaar, die kon ik nog op tijd opvangen. Er lag een doos met foto's en andere spullen op de grond. Toen ik die weer terugdeed, zag ik dat ze van Judy waren, zijn dochter.

Zij heeft al een eeuwigheid niets meer van zich laten horen, maar hij heeft ALLES van haar bewaard in die kast. Ik bedoel, er zat een melktandje in, en een oud schoolrapport, en zelfs een paar krantenknipsels over haar leven als volwassene. Je ziet gewoon hoeveel hij van haar houdt... maar hij kan... niet...'

Plotseling waren er vier volgeschoten ogen in de kamer. Laurie vroeg: 'Hoe gaat het met hem? Wat is er aan de hand?'

Dus vertelde ik wat Leonora had gezegd, en Claudelle, en over de afschuwelijke geluiden in zijn longen, en dat hij zelfs voor de koekjes had bedankt, hoewel hij me zo ongeveer het mes op de keel had gezet om te zorgen dat ik ze mee zou brengen. Ik zat inmiddels echt te huilen, en Laurie ook, en we zwommen in een zee van natte tissues. We zaten op het bed, met mijn armen om haar heen en haar armen om mij, en er was een vrij lang moment van steeds dichter naderend oogcontact. We leunden nu echt tegen elkaar aan, en ik wist gewoon zeker dat de grote kus er nu echt aan zat te komen, omdat ik zo verdrietig was en tegelijkertijd zo gelukkig. Ik deed mijn ogen dicht en wachtte op de zachte aanraking van haar lippen op de mijne...

Maar toen klonk er een geweldige KRAK, alsof er een geweer afging. En dan bedoel ik niet zo'n onbenullig knalletje van het kaliber .22, maar het geluid van zo'n megahandvuurwapen uit een ultrageweldadige actiefilm. Laurie en ik vielen tegen elkaar aan en onze voortanden kwamen ALWEER met elkaar in botsing.

We zaten op de matras, die nu op de grond lag, omdat Lauries hele bedframe doormidden was gebroken op de plek waar ze ertegenaan had getrapt. Ik geloof dat ik me het eerst had hersteld. 'Wauw Laurie, jij bent echt goed in karate!'

Ze glimlachte aanbiddelijk naar me met haar gehavende lip.

'Wauw, Alex, jij hebt echt coole mannelijke acties!'

VREDE iN DE TENT

Onderweg naar huis vanaf Laurie dacht ik de hele tijd aan twee
dingen: mijn pijnlijke en gezwollen bovenlip en mijn relatie met
mijn ouders. Als ik kon huilen omdat Sol geen contact had met
zijn dochter, en als ik tegen Laurie kon zeggen dat zij en haar
moeder de strijdbijl moesten begraven, dan moest ik misschien
ook eens open en eerlijk met mijn ouders gaan praten, in plaats
van rond te lopen als de grootste hypocriet ter wereld.

Ze zaten aan tafel kruidenthee te drinken, hun afzakkertje
voor de nacht. Het tafereel was zo vertrouwd dat ik nauwelijks kon bevatten dat er sinds de laatste keer dat ik ze zo
samen had gezien, anderhalf jaar van gekte was gepasseerd. Ik
legde mijn handen op hun schouders. 'Mam, pap, ik wil even
met jullie praten.'

Mijn vader zag er gealarmeerd uit. 'Rustig maar, ik heb
voor de verandering geen auto in elkaar gereden. En ik spijbel
niet, heb niemand zwanger gemaakt, of mijn gitaar verpatst
om crack te kunnen kopen. Of...'

Ma onderdrukte een lach en kneep in mijn hand. 'Je punt
is wel duidelijk, Alex. Maar waar wou je het dan WEL over
hebben?'

'Nou, ik was vanavond bij Sol en het gaat helemaal niet
goed met hem. Ik vond een doos oude foto's en spullen van
zijn dochter, de... zijn dochter Judy. En ik zat me te bedenken
hoeveel hij voor haar heeft gedaan, en dat ze dat niet waar-
deert. En ik weet dat ik... uh... het jullie niet gemakkelijk heb
gemaakt tijdens dat scheidingsgedoe. Dat hebben jullie misschien wel gemerkt.'

Dat schot voor open doel liet ma niet zomaar passeren: 'Aha, dus dat hele tuinkabouterincident was eigenlijk een soort, hoe zal ik het zeggen, woedekwestie?'

Pa probeerde ook te scoren: 'En die ik-praat-maanden-lang-niet-met-mijn-vader-houding, paste dat ook in een groter plan?'

'Oké, wat zijn we weer grappig en ad rem. Ja, jullie weten allebei hoe kwaad ik was. En hoe raar het nu voor me is om jullie weer samen te zien, alleen nog niet HELEMAAL samen. Bovendien, als jullie weer hertrouwen of zoiets, hoe kan ik er dan ooit zeker van zijn dat het deze keer wel voor altijd is?'

Hierbij wisselden ze een ongemakkelijke blik, maar ik moest nu doorzetten.

'Maar ik weet dat jullie van mij houden, en ik hou ook van jullie. Het spijt me dat ik zo vervelend heb gedaan. Dat is alles wat ik wilde zeggen.'

'Vervelend?' vroeg pa. 'Heb jij daar iets van gemerkt, schat?'

'Nee hoor, vervelend niet,' antwoordde ma. '*Lastig* misschien of *dwars*, maar *vervelend*? Nee.'

Mijn moeder stond op en omhelsde me, en toen sloeg mijn vader zijn armen om ons beiden heen. Het was vreemd, want zo'n knuffelig gezin waren we eigenlijk nooit geweest. Maar het voelde goed. Toen doorbrak ma het moment. 'Oké jongens, er zijn hier mensen die morgen een twaalfuursdienst moeten draaien. Ik ga naar bed.'

Pa vroeg of ik een kop thee wilde, en ik zei ja, al ben ik stiekem van mening dat kruidenthee naar bedorven afwaswater smaakt. Toen al het geschuifel in de keuken achter de rug was en we naast elkaar aan tafel zaten, moest pa nog iets van het hart: 'Alex, weet je nog dat ik je vertelde dat ik niet bij ma ben weggegaan, maar dat *zij mij* eruit heeft gezet?'

Ik nam een lange teug van mijn flauwe, smerige drankje. 'Ja?'

'Misschien is dit het goede moment om te vertellen wat er een jaar geleden tussen je moeder en mij is voorgevallen.'

Ik nam nog een slok om tijd te rekken, zodat ik hier even over na kon denken. 'Weet je, pa? Ik hoef het eigenlijk niet te weten. Wat je in december tegen me zei was al voldoende.'

'Echt? Wat heb ik toen gezegd, dan?'

'Jij zei toen: "Het is allemaal niet zo eenvoudig. Mensen zijn gecompliceerd en tegenstrijdig." Je had gelijk. Meer hoef ik niet te weten. Echt niet.'

Pa keek opgelucht. 'Goed, als je daar echt vrede mee hebt.'

'Ja hoor, pa. Echt.'

Toen hij aanstalten maakte om op staan, bedacht ik me dat ik nog wel een andere vraag had: 'Wacht, nu je het toch vraagt, er is nog wel iets anders waar ik nieuwsgierig naar ben.'

'Oké, roept u maar.'

'Uh, waarom heb je het uitgemaakt met juffrouw Simonsen?'

'Weet ik het. Ik zag mezelf gewoon niet de rest van mijn leven samen met een vrouw die naar krijtjes ruikt.'

Zo zien jullie maar weer, vrienden: alweer een huwelijk gered door schoolkrijt.

3 april

Geachte rechter Trent,

Deze brief heeft twee doelen. Ten eerste wil ik hierbij laten weten dat ik naar mijn mening bijna heb voldaan aan de eisen van het interventieprogramma. Ik heb inmiddels meer dan honderd uur in het Egbert P. Memorial Home for the Aged gewerkt en daar, misschien nog wel belangrijker, een levensles geleerd en toegepast.

De les die ik geleerd heb, heb ik te danken aan een oude man, een vaas met bloemen en een doos vol herinneringen. Weet u nog dat ik u in een eerdere brief schreef over de dochter van Solomon Lewis, die geen contact meer met hem heeft? Hij koopt elk jaar een bos bloemen voor haar, voor Chanoeka, maar die komt ze nooit ophalen. Daarnaast heeft hij een bergkast in het tehuis, waar ik een grote doos vond, met foto's en andere spullen erin, waar 'Judy' op stond. Natuurlijk heeft hij al haar kinderspullen bewaard, zoals schoolrapporten en haar melktandjes. Maar hij heeft ook een heleboel krantenartikelen en andere dingen bewaard die met haar volwassen leven te maken hebben. Die heeft hij al die jaren, sinds de verwijdering tussen hen tweeën is ontstaan, verzameld en bewaard. Ondanks al zijn problemen en ondanks het feit dat zijn ziekte terminaal is, blijft hij zijn kind volgen. Ik heb het gevoel dat hij, áls zijn dochter weer zou opdagen, zelfs na al die tijd, de draad dolgraag weer zou willen oppakken. Dit is dus de les die ik van Sol heb geleerd: de meeste ouders houden van hun kinderen, hoe boos die misschien ook zijn, of wat ze ook doen of zeggen. Bijna alle ouders houden van hun kinderen, en iedereen verdient een tweede kans op geluk.

Daarom heb ik mijn beste vriendin, die een nogal verstoorde relatie met haar moeder heeft, geadviseerd om haar dochterschap een nieuwe kans te geven. En toen ik thuiskwam heb ik een openhartig gesprek met mijn ouders gehad: ik heb ze hun huwelijksproblemen vergeven. Wauw, eigenlijk heb ik wel een soort medaille voor jonge delinquenten verdiend.

Het tweede doel van deze brief is dat ik u graag wil uitnodigen voor wat waarschijnlijk Sols laatste concert zal zijn. Zijn emfyseem is behoorlijk verergerd, maar hij wil dit jazzconcert in het tehuis per se door laten gaan. Het is aanstaande zaterdag om 15:00 uur in de recreatiezaal van het tehuis. Het belooft een heel bijzonder optreden te worden, om te beginnen omdat Sol mij pas zijn kostbare en fantastisch klinkende jazzgitaar heeft gegeven, en dit mijn eerste concert wordt op dit instrument. En bovendien heeft Sol mij zes weken lang gitaarles gegeven. Hij is echt een geweldige leraar. En ten slotte zijn hij en de andere twee muzikanten van het vorige concert zeer talentvol. Dus muzikaal gezien belooft het een grootse gebeurtenis te worden.

Ik had u haast niet uitgenodigd voor dit concert, omdat u de vorige keer niet bent gekomen. Maar, zoals Sol me heeft geleerd: *iedereen verdient een tweede kans!*
Ik hoop u daar te ontmoeten.

Alex Gregory

6 april

Beste Alex,

Ik zal er zijn.

Met vriendelijke groet,
Rechter J. Trent

FiNALE

Stel je voor: je bent muzikant. Geen slechte, maar ook geen bovennatuurlijk goede. Je bevindt je op een podium voor een paar honderd mensen, van wie je er veel persoonlijk kent, en van wie één iemand jou in theorie zelfs naar de gevangenis zou kunnen sturen als je optreden straks ECHT niet om aan te horen is. Je kijkt naar de andere mensen op het podium, je collega-orkestleden: een tienertovenaar op de drums, die er kalm maar toch explosief uitziet in een kakikleurige broek en wit overhemd. Onze schoolpriesteres van de piano, gehuld in een zijdeachtige jurk, die haar vingers knakt en erin slaagt om dat er vrouwelijk uit te laten zien. En ten slotte de oude grootmeester in alles wat met de gitaar te maken heeft, die er zwierig uitziet in een ouderwets, geruit lichtbruin jasje met revers als een snelwegoprit. En je probeert je zenuwen de baas te blijven en probeert te vergeten dat jij zonder enige twijfel de minste god op het toneel bent, en ook al heb je hier harder voor gewerkt dan je ooit ergens anders voor hebt gewerkt, elk van deze mensen kan jou sneller van het podium afblazen dan jij 'bebop' kunt zeggen. En dan zijn zij ook nog eens met z'n drieën.

Je denkt terug aan de tijd waarin je nog niet op dit podium hoefde te staan, toen de mensenmassa's nog niet voor je neus waren samengestroomd om elke beweging die je maakt gade te slaan. Een eenvoudigere, stillere tijd. Een tijd, zo'n vijfentwintig minuten hiervoor, toen je nog in een klein achterkamertje met je bandgenoten zat te kletsen.

'Uh, jongens, ik ben zenuwachtig.'

'Waarom?' vroeg Annette, die hand in hand zat met Steven.

'We hebben een paar maanden geleden net zo'n concert gegeven.'

'Weet ik, maar toen dacht ik dat goed spelen hetzelfde was als gewoon een nummer van het begin tot het einde zien door te komen. Maar deze keer hebben jullie en Sol een geheel nieuwe wereld van zelfkritiek voor me geopend.'

'Maar je speelt fantastisch de laatste tijd. Echt. Steven zei gisteravond nog hoeveel je in die korte tijd bent opgeschoten.'

'En dat meende ik ook. Ik zei tegen Annette dat je nu veel gevoeliger bent. Alsof je een stel nieuwe oren hebt gekregen. Tijdens het vorige concert, toen jij en Annette samen de begeleiding speelden, knalde je nog van die loodzware akkoorden met alle zes je snaren, zodat er voor Annette niet veel ruimte over was. Maar twee dagen terug tijdens de repetitie viel het me bij "I Got Rhythm" op dat je maar drie snaren gebruikte, en dat klonk fantastisch. En je tokkeltechniek is ook een stuk lichter en levendiger geworden; je haakt nu veel beter in op mijn ritme.'

'Ja, dat komt alleen doordat Sol dat erin heeft geramd. Gisteren namen we de *Fiddler*-medley nog even door en toen begon hij de maat te meppen op mijn hoofd, en daarbij schreeuwde hij: "Niet zo, *boychik*. Je klinkt als een kudde olifanten die door een muziekwinkel marcheert!" Het is dat hij daarna een enorme hoestbui kreeg en ik net op tijd mijn stoel van het bed vandaan kon schuiven, anders had ik een blijvende hersenbeschadiging opgelopen.'

Ze lachten en Annette zei: 'Hij heeft jou echt veranderd, wist je dat?'

'Hoe bedoel je? Alleen vanwege zijn innovatieve gebruik van terreur als onderwijsmethode...'

'Nee, serieus. Je bent niet alleen gevoeliger als muzikant, maar ook als mens. Iedereen heeft dat gemerkt. Neem bijvoorbeeld de manier waarop je ons altijd achter onze rug belachelijk maakte.'

'O, bedoel je dat. Luister, ik wil alleen...'

'Zie je wel? Je wilde bijna je excuses aanbieden. Een jaar geleden zou je het volledig hebben ontkend, en daarna meteen weer grappen over ons hebben gemaakt, zodra ik mijn mond zou hebben gehouden. En dan zou Laurie me naderhand hebben uitgelegd dat iedereen je altijd verkeerd begrijpt, dat je eigenlijk een heel aardige knul bent als we jou beter zouden leren kennen, bla bla bla. Maar nu ben je gewoon – ik weet niet hoe ik het anders moet zeggen – beter. Aardiger.'

Ik voelde aan de hitte op mijn wangen dat ik spectaculair begon te blozen. Ik stond INDERDAAD op het punt om weer met een paar grappen te reageren. Maar wat ik uitbracht was geen grap, maar: 'Dank je wel, Annette. Dank je wel.'

Op dat moment kwam Sol met veel kabaal de kamer binnen, in een rolstoel die werd geduwd door een lachende verpleeghulp. 'Bedankt voor de rit, beste vriend. Ik heb niet meer zo gelachen sinds negentien zevenenveertig, toen ik met Rose Friedman meereed achter in haar Buick. Hallo kids! Hebben jullie allemaal je speelvingers bij je vandaag? Want het belooft een FANTASTISCHE avond te worden!'

Hij was helemaal opgetuigd, met twee zuurstofflessen en een gezichtsbedekkend zuurstofmasker dat naast het slangetje hing dat onder zijn neus was vastgemaakt. Een normaal mens zou met zoveel apparatuur rond zijn hoofd nog niet eens 'Slaap kindje slaap' kunnen spelen, maar dit was Sol. Hij zag wel vreselijk grauw, en zijn stem klonk schor. Even leek het of hij zou gaan hoesten, maar hij greep naar het masker en zoog de zuurstof naar binnen.

'Uh, Sol, waar is dat voor? Weet je zeker dat je kunt spelen?'

Hij schoof zijn masker een stukje opzij. 'Wat, dit dingetje? Ik red me wel, hoor. Ik neem alleen vast een voorraadje zuurstof voor straks.' Hij stopte met praten en nam twee flinke teugen door het masker. 'Volgens mij werkt het zo: als ik stop met ademhalen, heb ik nog lucht voor een paar dagen extra, voor het geval ik nog niet klaar ben!'

Steven en Annette wisten niet hoe ze hierop moesten reageren, maar ik wist dat het betekende dat Sol de dag wel zou doorkomen. Hij was absoluut klaar voor het grote werk. 'Hé, Alex. Zijn de gitaren gestemd?'

'Ja, Sol. Ze staan op het podium en Laurie houdt daar een oogje in het zeil zolang wij hier achter zitten.'

'Mooi. Want als die mevrouw Goldfarb hier vroeg is, wil je niet weten hoeveel schade zij kan aanrichten op een podium vol instrumenten. En hoe gaat het vandaag met mevrouw Ahum? Ik hoop niet dat ze haar rode jurkje aanheeft, want voor je het weet bezorgt ze je een hartaanval en stort je van het podium.'

'Ze heeft een spijkerbroek aan, Sol.' Ik legde mijn hand op de zijne. 'En pas jij nou maar goed op jezelf, oké? Ik heb geen zin in verrassingen straks.'

'Op mezelf passen? Waarom? Met mij gaat het prima. Ik heb al miljoen keer eerder opgetreden, jongen. Op het podium kan niets mij meer verrassen. Ik ben er klaar voor. Let jij nou maar op die oude dames die naar me komen kijken en probeer het een en ander op te steken.'

Dus daar stond ik op het podium, vijfentwintig minuten later, en probeerde het een en ander op te steken. We hadden vier nummers gespeeld, en de anderen speelden perfect als altijd. Sol speelde misschien niet de snelste loopjes ooit, maar iedere noot was raak, alsof hij de melodieën in kleitabletten graveerde, zodat je ze over duizend jaar nog kon horen. Steven en Annette waren gewoon belachelijk goed: een octopus van ritme en harmonie. En ik? Ik probeerde vooral om niet op te vallen, en daar begon ik behoorlijk bedreven in te raken, al zeg ik het zelf.

Het vijfde nummer was het laatste voor de pauze en Sol kondigde het aan: de *Fiddler*-medley, mijn grote duet met hem.

Als er één moment was waarop ik het echt gigantisch kon ver-knallen, dan was het nu. Mijn ogen gleden langs de voorste rij, en Laurie zat op het puntje van haar stoel op haar lip te bij-ten. Ze wist hoe belangrijk dit duet voor me was, want ik had mijn partij wekenlang voorgespeeld terwijl zij zat te luisteren. Ze stak even haar duimen op en ik was blij dat ze erbij was als mijn hoe-je-het-ook-mag-noemen. Mijn ouders zaten naast haar, in zalige onwetendheid, ma met haar hoofd op pa's schouder. Ik was blij dat ik ze had en ook dat ze er zaten als elkaars hoe-je-het-ook-mag-noemen. Aan de andere kant van mijn vader zat de rechter. Ze was gekomen!

Sol zei iets in de microfoon, die een van de medewerkers van het tehuis aan hem had gegeven toen ik even voor me uit zat te staren. 'Hallo allemaal. Dit nummer is heel speciaal voor mij. Mijn jonge beschermeling hier naast me, Alex, zal de meeste melodieën spelen. Hij heeft hier keihard op gestudeerd. Het is een goeie jongen. Ik wil dit stuk graag namens ons bei-den opdragen aan de liefallige meiden op de voorste rij.'

Hij telde af en we begonnen te spelen. Vanaf dit moment kan ik me nauwelijks meer iets herinneren van het verloop van de medley. Ik moet alles gespeeld hebben, want op de een of andere manier hadden we het laatste deel bereikt. Maar dat deel was zo overdonderend dat het de rest uit mijn geheugen heeft gewist.

Gedurende de ongeveer vijftien keer dat Sol en ik dit num-mer samen hadden gespeeld, en tijdens de honderden keren dat ik er thuis doorheen was gegaan, speelde ik altijd de ak-koorden van 'Sunrise, Sunset', en Sol de melodie. Ik had mijn ogen gesloten in opperste concentratie, en toen ik klaar was met het korte intro, was het Sols beurt om in te vallen. Maar in plaats van zijn gitaar viel zijn STEM in:

Is this the little girl I carried?
Is this the little boy at play?

I don't remember growing older,
When did they?

When did she get to be a beauty?
When did he grow to be so tall?
Wasn't it yesterday when they were small.

Sun-rise, sun-set, sun-rise, sun-set,
Swiftly flow the days;
Seedlings turn overnight to sun-flow'rs,
Blossoming even as we gaze.

Sun-rise, sun-set, sun-rise, sun-set,
Swiftly fly the years;
One season following anoth-er,
Laden with hap-pi-ness... and tears...

Claudelle stond naast Sol en hield de microfoon voor zijn mond. Ik speelde gewoon door, deed mijn eigen ding en probeerde mijn partij zo zacht en onopvallend mogelijk te spelen, zodat iedereen Sols stem kon horen, die verschrikkelijk zwak klonk. Op een gegeven moment zag ik dat de microfoon trilde: Claudelle huilde. Vraag niet hoe, maar we bereikten het eind van het lied, en toen de laatste noot wegstierf, greep Sol onmiddellijk naar zijn zuurstofmasker. Er klonk geen applaus, er was alleen een totale, eerbiedige stilte.

Toen kwam de rechter op ons aflopen, met haar handen voor haar gezicht. Zij huilde ook. Toen ze vlak voor Sol stond, leunde ze over hem heen en sprak één woord, dat luid en duidelijk te horen was door Claudelles microfoon:

'Pappa.'

Achter het masker had Sol een niet te beschrijven uitdrukking op zijn gezicht. 'Judy.'

CODA

Bliep. Bliep. Bliep.

Ik zit naast het bed van de oude man en kijk naar de fel-groene lijn die zigzaggend en schommelend over het beeldscherm van de hartmonitor danst. Nog maar een paar dagen geleden bewogen die kleine pieken op de monitor met een perfecte regelmaat van links naar rechts, maar nu schieten ze schokkerig voort als gestoorde marionetten.

Ik weet dat de bliepjes nu spoedig één lange piep zullen worden en dat de pieken zullen afvlakken tot een rechte lijn. Dan zit mijn werk hier erop.

Dan ben ik vrij.

Je vraagt je vast af hoe de tweede helft van het concert is verlopen, of Sol en de rechter zich weer met elkaar verzoend hebben, en hoe we hier terecht zijn gekomen. Maar eigenlijk gaat het daar niet om in dit verhaal. Natuurlijk hebben Sol en zijn dochter het weer goedgemaakt, en ze is twee weken lang iedere dag bij hem langs geweest. Ze hebben urenlang gepraat, veel gelachen en ook flink gehuild. De rechter heeft ook veel met mij gepraat, en ze vertelde dat ze stiekem '*Gotcha!*' had geroepen toen ze hoorde dat mijn moeder Sol voor mij had uitgekozen, *of all people*. Op een dag zaten we met zijn allen in Sols kamer: ik, Laurie, Sol, de rechter en mevrouw Goldfarb, die tegenwoordig regelmatig binnenliep nu Sol een 'ster' was. We zaten daar en praatten. Sol moest niezen, en toen nog een keer, en hij hoestte een kort klein kuchje. Toen keek hij ons allemaal aan en zei: 'Longontsteking. Haal de zuster.'

Dus dat deden we, en hij bleek gelijk te hebben. Hij werd

meteen naar het ziekenhuis gebracht, maar we wisten eigenlijk al dat het te laat was, dat dit *het* was, het einde, tijd voor het laatste gevecht. Binnen een paar uur had hij hoge koorts, klonk zijn ademhaling alsof hij onder water zat, en kon hij alleen nog maar hoesten. Hij had nu permanent zijn masker op en via een infuus kreeg hij allerlei soorten antibiotica en pijnstillers toegediend. Maar hij was te moe, gewoon te moe. Ik moest denken aan wat Claudelle had gezegd: 'Niemand vecht voor eeuwig. Niemand.' Ik zat daar maar en proefde mijn tranen op mijn tong. Ik keek hoe Sol sliep, tot ze me naar huis stuurden om zelf te gaan slapen.

Tijdens de drie daaropvolgende dagen – de afgelopen drie dagen dus – werd Sol maar twee keer wakker. Een dokter vertelde aan mij en de rechter dat terminale emfyseempatiënten aan het eind bijna altijd in een diep coma raken, en dat de natuur het einde hiermee gemakkelijker maakt. Het zag er echter niet gemakkelijk uit. Soms lag Sol alleen maar in elkaar gezakt te hijgen. Op andere momenten stokte zijn adem even, waarna hij vervolgens extra heftig naar adem hapte. Eén keer ging hij plotseling rechtop zitten, keek de rechter aan en zei met een volstrekt normale Sol-stem: 'Hé Judy, zou jij misschien een kop koffie voor me kunnen regelen in deze tent?' Daarna zakte hij weer weg.

En ongeveer een uur geleden draaide Sol zich midden in een aanval van benauwdheid op zijn zij, deed zijn ogen open en tuurde naar de rechter: 'Zorg dat je gelukkig bent, Judy. Ik hield van je moeder, en wij hielden allebei van jou. Ik ben heel trots op mijn meisje.' Vervolgens maakte hij oogcontact met mij en Laurie. 'Jullie zijn geweldige kinderen. Alex, *boychik*, op een dag zul je haar kussen. En zij kust je dan terug. Heb ik gelijk of niet?' Toen hij zich weer op zijn rug had gedraaid, dachten we dat het afgelopen was, dat we alleen nog maar konden huilen. Maar toen deed hij nogmaals zijn ogen open en gaf mij nog een allerlaatste advies, zijn laatste woorden in deze wereld: '*Boychik*, als je een optreden hebt gehad, wrijf de snaren dan droog met een zachte doek. Dan gaan ze langer mee.'

Dat was het. Dat was alles.

Nu slaat de monitor op hol, en straks ben ik vrij. Maar ik geloof dat ik ergens in de loop van dit wonderlijke jaar – mijn voorlaatste jaar op de high school, het laatste jaar van mijn jeugd, Sols laatste rondgang om de zon – heb ontdekt dat we allemaal vrij zijn op de enige manier die ertoe doet. We zijn allemaal vrij om een paar mensen te kiezen van wie we willen houden, en om dat vervolgens ook te doen.

DAAR KOMEN DE
SAINTS NOG EEN KEER

Ik moet nog één ding doen voor Solomon Lewis voordat ik hem kan laten gaan. We zijn bij zijn afscheidsdienst, terug in het tehuis, in onze kleine concertzaal. De rechter, die erop staat dat ik haar Judy noem, heeft me gevraagd of ik de plechtigheid wil afsluiten met een gitaaruitvoering van 'Taps', het befaamde muziekstuk dat bij militaire begrafenissen wordt gespeeld. Ik ben er al vroeg, hang het toneelgordijn voor de piano en doe wat andere dingen ter voorbereiding. Dan kies ik een stoel op de voorste rij en wacht tot alle mensen binnenkomen. Claudelle is er, Leonora, Juanita, mevrouw Godfarb – inclusief tanden, pruik, alles. Mijn ouders. Laurie. De rechter. Steven en Annette. De zuurstofman. De klarinettist uit de All-City Jazz Band.

Iedereen gaat zitten en alle toespraken worden afgewerkt. Voor het gordijn staat een podium, dat veelvuldig wordt gebruikt. De speeches zijn ongetwijfeld prachtig, gepast en ontroerend, maar ik weet zeker dat Sol, als hij hier was geweest, zou zeggen: 'Wat een hoop *chazzeraai*! Wie wil deze onzin nog horen nu ik DOOD ben? Ga toch iets leuks doen, ga voor mijn part taart eten of zoiets!' Op een gegeven moment voel ik dat Laurie mijn hand fijnknijpt met haar dodelijke ninja-klauwgreep, en ik besef dat mijn naam is omgeroepen. Ik loop naar de enige stoel die rechts van het podium staat, fluister iets tegen de verpleeghulp die daar al voor me klaarstaat, en installeer me met Sols – mijn – D'Angelico. En dan speel ik de melodie, zo langzaam als ik kan, nagenoeg zonder swing of wat dan ook:

Day is done, gone the sun,
From the lake, from the hills, from the sky;
All is well, safely rest, God is nigh.

Ik kijk niet op, maar ik hoor hoe drie paar voetstappen aan komen lopen en achter me langs gaan. Als ik bij de laatste noot ben, probeer ik die zo lang mogelijk aan te houden met een vibrato. Ik ben Sol dankbaar dat hij me heeft geleerd hoe dat moet. En terwijl ik mijn linkerringvinger laat trillen om het geluid te laten aanhouden, doet de verpleeghulp het gordijn open. Daar zitten Steven en Annette klaar, achter het drumstel en de piano. En de klarinettist, die als eerste inzet. Door hem aangevoerd speel ik de in- en indroevige akkoorden van 'Sunrise, Sunset'. Halverwege kijk ik op. We spelen iedereen omver. De complete eerste drie rijen zitten te huilen; Leonora geeft een tissue aan Juanita, die op Claudelle leunt. En de rechter? Laat maar. Eén en al mascara. Maar DIT deel zit er bijna op.

Ik zeg: 'Eén-twee-drie-vier!' en we barsten los met 'When the Saints Go Marchin' in'. Steven swingt het dak er bijna af en Annette weet op de piano zo'n broeierig kroegsoundje te produceren dat je er haast van zou gaan blozen. Ik speel mijn akkoorden op drie snaren, precies zoals Sol het zou hebben gewild, en ik kan zijn benige hand die op mijn hoofd de maat slaat, bijna voelen. De klarinettist speelt de melodie eerst gewoon rechttoe rechtaan. Dan beginnen we weer van voren af aan, maar nu speelt hij het lied heel funky. Nog een keer, maar nu laten Steven en Annette de vier maten (*ding ding ding ding*) heen en weer kaatsen tussen de drums en de piano. Ik kijk op en zie dat we het New Orleans-gevoel te pakken hebben. De tranen drogen op, er verschijnt een glimlach op de gezichten en hier en daar hoor ik tikkende voeten. We herhalen het refrein nog één keer, waarbij Steven helemaal losgaat, en ik de zinnen heen en weer slinger naar Annettes rechterhand en terug, en de klarinet boven ons allemaal uit stijgt, misschien wel helemaal tot Sols *nieuwe* t(e)huis.

Oh, when the Saints (Oh, when the Saints!)
Go marching in (Go marching in!)
Oh when the Saints go marching in,
I'd like to be in that number,
When the Saints go marching in!

We stoppen. Het applaus is oorverdovend, het is misschien een cliché, maar in dit geval is het letterlijk zo. Laurie is opgesprongen en ook mijn ouders en de rechter kijken naar mij. Ik kijk naar het plafond en stel me voor wat zich daarboven bevindt. Ik zwaai één keer triomfantelijk met mijn vuist in de lucht en zeg binnensmonds: '*Gotcha!*'

27 juni

Beste rechter, of Judy
(al blijf ik het raar vinden om je zo te noemen),
Ik weet dat je een tijdje vrij hebt genomen. Deze brief ligt op je te
wachten als je weer terugkomt van waar je ook bent geweest. Hier-
bij een update over een aantal zaken, met name mijn toekomst.
Vlak na de afscheidsdienst kreeg ik de cijfers van school en ik
blijk het heel goed gedaan te hebben. Dit betekent dat ik waar-
schijnlijk vrij gemakkelijk kan gaan studeren waar ik maar wil.
Misschien zal ik ooit je vaders gitaar moeten verkopen om mijn
studie te kunnen betalen, maar misschien, heel misschien, kan ik
hem houden en genoeg bijverdienen met optredens. Ik heb gigan-
tisch veel gerepeteerd, want als ik speel, heb ik het gevoel dat
mijn vriend Sol bij me is. Ik ben dus helemaal in vorm en alles is
mogelijk. Steven en Annette nemen zelfs steeds brochures van
muziekopleidingen voor me mee!
Wat mijn ouders betreft begint het er steeds meer op te lijken
dat ze weer gaan trouwen, wat fantastisch zou zijn. Maar we zien

wel wat er gebeurt. Ze hebben me allebei enorm gesteund de afgelopen maand en ik zal er ook altijd voor hen zijn.

In de laatste schoolweek is de baby van Lauries moeder geboren en Laurie is er nu een paar weken naartoe om te helpen. We spreken elkaar uitgebreid, elke dag, en Laurie klinkt alsof het daar wel goed gaat. Ze heeft zelfs ontdekt dat haar stiefvader vroeger aan karate heeft gedaan, en zij heeft hem zover gekregen dat hij af en toe een potje met haar wil vechten, de arme man. Ik mis haar wel, maar ik heb het gevoel dat we nog heel lang in elkaars leven zullen zijn.

En dan mijn plannen voor de zomer: ik heb besloten om fulltime in het tehuis te gaan werken, hoewel het daar niet hetzelfde is zonder Sol. Maar ik heb een paar andere bewoners en het personeel goed leren kennen, wat me heel veel goed heeft gedaan. Bovendien word ik goed betaald, zodat ik wat geld opzij kan zetten voor mijn 'auto- en studiefonds'.

En trouwens, iemand moet er toch voor zorgen dat mevrouw Goldfarb haar gebit in heeft.

Liefs,

Alex

DANKWOORD VAN DE MIDNIGHT WRITER

Volgens een oud Indiaas spreekwoord 'verschijnt de meester wanneer de leerling er klaar voor is'. Tijdens het schrijven van dit boek had ik er blijkbaar dringend een nodig, want gaandeweg zijn er links en rechts uitstekende leermeesters opgedoken.

Grappig genoeg waren en zijn mijn leerlingen op de Phillipsburg Middle School mijn belangrijkste leermeesters. Het idee voor dit boek ontstond naar aanleiding van een incident tijdens een Engelse les in het schooljaar 2003-2004. Vervolgens fungeerde de klas van mevrouw Marlene Sharpe als mijn inspirerende en ter zake kundige eerste lezerspubliek; ik heb het hele manuscript aan hen voorgelezen. Vorig jaar kreeg ik zeer waardevolle correctietips van mijn leerlingen, en dit jaar heb ik hulp gehad van een aantal klassen, die vooral bijzonder behulpzaam waren bij het afkeuren van de acht miljoen waardeloze titels die in de loop van de tijd de revue waren gepasseerd. Ik meen het echt, en ik wil iedereen die de afgelopen drie jaar les van mij heeft gehad, bedanken voor jullie geweldige bijdrage. Niet alleen aan dit boek, maar ook aan mijn leven. BEDANKT!

Ik heb ook geprofiteerd van de deskundige adviezen van een drietal volwassenen. Mijn beste vriend van school, jurist Jeremy Stein, heeft me alles verteld over het verloop van een procedure bij de kinderrechter; dr. John Kintzer, longarts in ons plaatselijke ziekenhuis, heeft me een voortreffelijk klinisch overzicht gegeven van het verloop van de ziekte longemfyseem, en mijn vriendin Karen Sickels heeft mij uitgebreid en liefdevol beschreven hoe zij een geliefde zag overlijden aan emfyseem. Daaraan heb ik mijn eigen misinterpretaties en miskleunen toegevoegd, en het resultaat van dit alles heb je nu in handen.

Mijn redacteur bij uitgeverij Scholastic, Jennifer Rees, is oneindig behulpzaam geweest, enthousiast en beschikbaar. En ik heb veel van haar geleerd. Eigenlijk geldt dit voor IEDEREEN bij Scholastic, nu ik erover nadenk. Ik mag mezelf gelukkig prijzen dat ik bij zo'n geweldige uitgeverij ben terechtgekomen. En nu we het er toch over hebben, ik ben ook heel blij met mijn fantastische agent, de heer A. Richard Barber. Bedankt voor het meebouwen aan mijn carrière, Rich.

Mijn laatste woorden van dank heb ik bewaard voor mijn familie. Mijn moeder, dr. Carol Sonnenblick, vond dit een geweldig boek, en gaf het zijn eerste bekendheid door aan iedereen die ze kende een manuscript te sturen. Mijn zus en zwager, Lissa en Neil Winchel, hebben het manuscript allebei in één avond gelezen, waarbij ik ze elke zoveel minuten onderbrak om te vragen: 'Wat vond je van dat gedeelte? Niet slecht, hè?' En ze hebben me niet eens afgesnauwd. Mijn vrouw Melissa en onze kinderen Ross en Emma hebben met mij samengeleefd gedurende het schrijf- en redactieproces. Ik wil jullie bedanken dat jullie me nooit met de vliegenmepper achterna hebben gezeten als ik weer eens prikkelbaar was, of niet beschikbaar. Ik hou van jullie.

Mijn vader en grootste fan, dr. Harvey I. Sonnenblick, is er helaas niet meer, maar hij verdient een aparte alinea. Pap, jij geloofde in dit boek. Bij alle hoogtepunten die ik mocht beleven na het verschijnen van mijn eerste boek, zei jij steevast: 'Vind jij dit al bijzonder? Wacht maar tot je VOLGENDE boek uitkomt!' Ik hou van je, ik mis je en ik wou dat jij ook nog even had gewacht.

Bethlehem, Pennsylvania
2006

OVER DE AUTEUR

Jordan Sonnenblick heeft in New York City op een aantal uitstekende scholen gezeten en bezocht vervolgens een van de beste Ivy League-universiteiten, waar hij kei- en keihard heeft gestudeerd. Dankzij zijn zorgvuldig gekozen en goed doordachte vakkenpakket ontving hij in 1991 zijn welverdiende diploma, waarna hij met een verrassend gebrek aan vaardigheden voor het echte leven en met een opvallend beperkte inzetbaarheid de arbeidsmarkt betrad.

Godzijdank was daar Teach for America, een programma voor pas afgestudeerden, die na een 'opleidingskamp voor leraren' ergens in het land werden geplaatst op een school met een lerarentekort. Dankzij dit programma vond de heer Sonnenblick zijn weg in de grotemensenwereld, door opgroeiende kinderen in te wijden in de wonderen, de waarheid en de schoonheid van de literatuur.

De eerste roman van de heer Sonnenblick, *Drums, Girls & Dangerous Pie*, die in 2005 bij Scholastic Press verscheen, werd enthousiast ontvangen, en kreeg in 2005 hoge noteringen in verschillende *Best of*-lijstjes, waaronder de Teens' Top Ten van de American Library Association.

In oktober 2006 verscheen bij Scholastic het tweede boek van de heer Sonnenblick, eveneens voor jongvolwassenen, *Notes from the Midnight Driver*. Het ontving lovende recensies in *Publishers Weekly, Booklist, KLIATT* en *The Horn Book*. Het derde boek van de heer Sonnenblick, *Zen and the Art of Faking It*, is in oktober 2007 bij Scholastic Press verschenen.

De heer Sonnenblick woont in Bethlehem, Pennsylvania, met de drie liefste en meest betrokken mensen die hij zich maar kan wensen: zijn vrouw en kinderen. Plus een hoop drums en gitaren in de kelder.

INTERVIEW MET JORDAN SONNENBLICK

V: *Hoe bent u op het idee gekomen om* Notes From the Midnight Driver *te gaan schrijven?*
A: Het klinkt misschien raar, maar ik was op een zondag aan het wandelen, en toen is eigenlijk het hele boek in mijn hoofd ontstaan. Ik geef Engels aan scholieren van een jaar of veertien, en die week was ik flink kwaad geworden op een paar kinderen uit mijn klas, omdat ze zich hadden misdragen toen ik een keer afwezig was. Toen heb ik ze een excuusbrief laten schrijven aan mijn vervanger en aan hun ouders. Ze schreven toen echt zulke slappe brieven, waarin ze alleen maar in hun eigen straatje redeneerden, en toen is het idee ontstaan: stel nou dat een goeie jongen een keer iets slechts doet en dan weigert om daar de verantwoordelijkheid voor te nemen? De rest volgde vanzelf.

Ik zou vaker moeten wandelen.

V: *In het begin van het boek wordt Alex dronken, steelt de auto van zijn moeder en onthoofdt onderweg een tuinkabouter, waardoor hij flink in de problemen raakt. Het is grappig, maar ook ernstig. Hoe hebt u ervoor gezorgd dat er een goede balans was tussen verantwoordelijkheidsgevoel en humor?*
A: Nou, het is nou eenmaal zo dat veel dingen die mensen doen als ze onder invloed zijn, op het moment zelf fantastisch lijken. Dus Alex' kleine automobieluitstapje moest vanuit zijn perspectief grappig zijn, althans, op het moment dat het ge-

beurde. Aan de andere kant kan alles de ochtend daarna flink tegenvallen. Dus dat aspect wilde ik ook laten zien. En net als rechter Trent in het boek heb ik echt de pest aan mensen die het in hun hoofd halen om dronken achter het stuur te gaan zitten.

V: *Is Alex gebaseerd op iemand die u kent?*
A: Zijn karakter heb ik zelf verzonnen, maar zijn gezinssituatie, waarin hij moet toezien hoe zijn ouders uit elkaar gaan als hij zestien is, én zijn passie voor muziek, zijn gebaseerd op mijn eigen leven.

V: *En Sol?*
A: O, ja! Sol is geheel gebaseerd op mijn grootvader van moederskant, Solomon Feldman. Opa Sol was mijn held toen ik klein was, vanwege zijn warmte en omdat hij nergens bang voor was. Maar verder ging iedereen nogal behoedzaam met hem om, want hij kon heel humeurig zijn. Hij speelde echter geen gitaar. Hij was bioloog en leraar, en wat hij me heeft meegegeven, is zijn liefde voor de wetenschap en een passie voor het onderwijzen van kinderen. En misschien ook iets van zijn temperament...

V: *Laurie is zo'n beetje het stoerste meisje ter wereld. Hoe heb je haar zo uniek kunnen maken? En hoe is het mogelijk dat zij het uithoudt met Alex?*
A: Het gekke is, Laurie was er ineens, helemaal af, zoals de godin Athene uit het voorhoofd van Zeus tevoorschijn kwam. Toen ik een tiener was, waren mijn beste vrienden altijd meisjes. Laurie is een combinatie van al mijn vriendinnen, denk ik. En hoe ze het uithoudt met Alex? Geen idee – ik weet ook niet hoe mijn vriendinnen het destijds met mij uithielden!

V: *Muziek speelt een cruciale rol in dit boek, net als in uw suc-cesvolle debuut* Drums, Girls & Dangerous Pie. *Is schrijven over muziek voor iemand die zo muzikaal is als u, net zo mak-kelijk als zelf muziek maken?*
A: Ik vind het juist moeilijk om het spelen van muziek goed te beschrijven. Maar toen ik een tiener was, wilde ik heel graag dat iemand een keer een boek zou schrijven over mensen die net zoveel van muziek houden als ik. Daarom heb zo mijn best gedaan om die liefde op papier te zetten. Zie het als een cadeau aan al die kinderen die altijd maar in de orkestruimte rond-hangen, tot ze door een volwassene naar huis worden ge-stuurd.

V: *Als de lezers één boodschap of thema uit* Notes *zouden moeten halen, wat zou dat dan moeten zijn, wat u betreft?*
A: Als je iets verkeerds hebt gedaan, of mensen hebt gekwetst, geef dat dan gewoon toe en probeer er iets van te leren. Dat is een van de moeilijkste en bitterste levenslessen, maar iedereen krijgt er hoe dan ook een keer mee te maken.

V: *Heb jij eigenlijk iets tegen tuinkabouters?*
A: Niet echt, maar het hele concept is gewoon lachwekkend. Sommige dingen zijn nu eenmaal grappig, dat is alles.